RUSSIA

사진으로 보는 러시아

KB191820

'유럽으로 향하는 창' 상트페테르부르크

표트르 대제가 네바 강가의 늪지대를 메워 만든 물의 도시야.
고풍스러운 건물과 아름다운 문화유산이 가득한 상트페테르부르크의 매력에 빠져 볼까?

1 상트페테르부르크 전경 ● 2 로스트랄 등대 해전의 승리를 상징하는 기념물로 32m 높이의 등대 기둥은 8개의 뱃머리로 장식되어 있어. ● **3 네바 강** '네바'는 하늘을 뜻해. 여름이면 백야가, 겨울이면 극야가 일어나는 상트페테르부르크의 하늘 빛깔을 고스란히 담아내 환상적인 분위기를 만들지. ● **4 오로라호** 러일전쟁과 1, 2차 세계대전에 참가했고 1917년 소비에트 혁명의 신호탄을 발사한 역사적인 배야. ● **5 네프스키 대로** 상트페테르부르크의 최대 번화가. ● **6 그리보예도프 운하** 100여 개의 섬(지금은 42개로 통합)으로 이루어진 상트페테르부르크를 제대로 둘러보려면 운하 여행을 해야 해.

7, 8, 9 여름 궁전 표트르 대제가 북방전쟁에서의 승리를 기념하여 세운 궁전. 여름이면 황제가 머물렀다고 해. 조각상, 분수, 미로, 숲 등으로 이루어진 정원은 러시아 정원 예술의 극치를 보여 주지. 발트 해 쪽 정원에는 대폭포 분수가 있는데 중심에 있는 삼손 분수가 유명해. 삼손이 벌린 사자 입에서는 15m가 넘는 물줄기가 솟아오른대. ● **10 페트로파블로프스크 요새** 표트르 대제가 스웨덴군을 막기 위해 지은 요새. 성벽의 두께는 8~12m로 견고하지. ● **11 페트로파블로프스크 요새 문** 문을 나서면 네바 강이 한눈에 들어와. ● **12 구 해군성** 고전주의 양식을 대표하는 건물로 러시아 해군 본부였어. 화려한 금빛 첨탑은 상트페테르부르크의 상징이지. ● **13 표트르 대제 동상** 표트르 대제의 손과 무릎을 만지며 소원을 빌면 이뤄진다는 전설이 있어.

'러시아의 수도' 모스크바

"러시아 사람이라면 누구나 모스크바를 어머니처럼 느낀다."
톨스토이의 표현대로 모스크바는 진정한 러시아의 정신과 매력을 가진 도시야.

1 붉은 광장 15세기 말부터 러시아 정치·사회의 중심지가 된 광장이야. ● **2 크렘린 궁전의 입구** '크렘린'은 성벽을 뜻해. 러시아 황제의 옛 궁전이었고 지금은 러시아의 정부 기관과 대통령 궁으로 사용되지. ● **3 모스크바 강의 표트르 대제 동상** **4 아르바트 거리** 옛 귀족들의 저택이 늘어선 곳이자 푸시킨, 고골, 게르첸 등 러시아 유명 작가들이 어린 시절을 보낸 곳이기도 해. ● **5 황제의 종** 세계 최대의 종인데 한 번도 울리지 않았어. 만들 때 화재가 나서 종의 일부분이 떨어져 나갔기 때문이지. ● **6 굼 백화점 앞에 있는 상설 스케이트장** ● **7 구형 백화점 굼** 혁명 전에는 200여 개의 상점이 있었고 1953년에 현재 모습으로 개조하여 세계적인 브랜드들이 입점한 아름다운 쇼핑센터로 발돋움했지.

'러시아인의 구심점' **러시아정교**

그리스정교는 러시아에 전파된 뒤 러시아정교로 깊이 뿌리내렸어.
러시아가 위기에 처할 때마다 러시아인들을 단결시키는 구심점 역할을 했지.

1 성바실리 성당 러시아 건축의 백미. 비잔틴 건축 양식과 러시아 전통 목조 건축 양식이 절묘한 조화를 이루고 있어. ● **2 노보데비치 수도원** 역모를 꾸미다가 발각된 표트르 대제의 이복 누나 소피아 공주가 유배된 곳. 수도원 연못에서 헤엄치는 백조를 본 차이콥스키가 「백조의 호수」를 작곡했대. ● **3 카잔 성당** 농민 출신 건축가 바로니힌이 세웠다고 해. 94개의 석고 대리석 기둥이 특징이지. ● **4 이삭 성당** 100kg이 넘는 황금을 녹여 칠한 금빛 돔과 사원 입구에 있는 붉은 화강암 기둥이 특징이야. ● **5 그리스도 부활 성당** 알렉산드르 2세가 피를 흘리며 죽은 곳에 세워져서 '피의 사원'이라고도 불려. 성당 내부에는 모자이크화가 가득 그려져 있지. ● **6 이콘** 러시아정교의 성화로 색과 선이 뚜렷하면서도 환상적이야. ● **7 러시아정교의 신부**

'세계 예술사의 커다란 줄기' **러시아의 예술**

러시아는 문학, 미술, 음악, 발레 등 모든 예술 분야에서 명성이 드높아.
러시아 사람들이 사랑하는 아름다운 공연장과 박물관, 작가를 알아볼까?

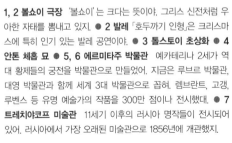

1, 2 볼쇼이 극장 '볼쇼이'는 크다는 뜻이야. 그리스 신전처럼 우
아한 자태를 뽐내고 있지. ● **2 발레** 「호두까기 인형」은 크리스마
스에 특히 인기 있는 발레 공연이야. ● **3 톨스토이 초상화** ● **4
안톤 체홉 묘** ● **5, 6 에르미타주 박물관** 예카테리나 2세가 역
대 황제들의 궁전을 박물관으로 만들었어. 지금은 루브르 박물관,
대영 박물관과 함께 세계 3대 박물관으로 꼽혀. 렘브란트, 고갱,
루벤스 등 유명 예술가의 작품을 300만 점이나 전시했대. ● **7
트레치야코프 미술관** 11세기 이후의 러시아 명작들이 전시되어
있어. 러시아에서 가장 오래된 미술관으로 1856년에 개관했지.

'산타가 파란 옷을 입는 나라' 러시아의 이모저모

추운 날씨는 독특한 풍습을 만들어 냈지.
러시아인들의 모습에는 어떤 이야기가 숨어 있을까?

1 데드마로즈 '데드마로즈'는 추위의 할아버지라는 뜻으로, 러시아 산타클로스야. 파란 빛깔의 두꺼운 털옷을 입고 아이들에게 선물을 나눠 주지. 손녀인 '스네구로츠카(눈처녀)'와 늘 함께 다녀. ● **2 샤프카** 러시아 털모자. ● **3 눈사람** 러시아의 겨울엔 길가에서 수많은 눈사람을 볼 수 있어. ● **4 마트료시카** 오뚝이 모양 목각 인형으로 속이 비어 있어 작은 인형을 차례로 넣을 수 있어. 다산과 풍요를 기원하는 인형이야. ● **5 흘렙** 호밀로 만든 러시아 전통 흑빵으로 유럽 흑빵보다 찰지고 신맛이 나. ● **6 모스크바의 지하철역** 러시아 지하철은 100m도 넘는 땅속 깊은 곳에 건설되었어. 지하철역은 대리석, 벽화, 샹들리에 등으로 화려하게 꾸며져 '지하 황궁'이라고도 부른대. ● **7 말 타고 다니는 경찰** ● **8 블린** 둥글고 얇은 빵으로 연어 알과 시큼한 크림 등을 얹어 먹어. ● **9 다차** 채소밭이 딸린 러시아식 전원주택이야. 주말에 다차로 와서 가족끼리 오붓하게 쉰다고 해.

사진 제공

김상화(cafe.naver.com/ssankva)

김선혜(blog.naver.com/akazukin12)

김윤자(blog.daum.net/nomi-kim), 이명숙(blog.naver.com/2lili),

오드리(blog.naver.com/audrey20)

이승준(blog.naver.com/fightclub), 지문조(blog.daum.net/vedachi)

유진기, 최혜기, 하정(blog.daum.net/haj4062),

위키피디아, 위키트래블

노빈손의 **위풍당당**
러시아 행진곡

노빈손의 위풍당당 러시아 행진곡

초판 1쇄 펴냄 2011년 4월 1일
　　4쇄 펴냄 2019년 6월 15일

지은이 김솔아
일러스트 이우일
펴낸이 고영은 박미숙

펴낸곳 뜨인돌출판(주) ｜ 출판등록 1994.10.11.(제406-251002011000185호)
주소 10881 경기도 파주시 회동길 337-9
홈페이지 www.ddstone.com ｜ 블로그 blog.naver.com/ddstone1994
페이스북 www.facebook.com/ddstone1994 ｜ 노빈손 www.nobinson.com
대표전화 02-337-5252 ｜ 팩스 031-947-5868

ISBN 978-89-5807-329-1　03810

이 도서의 국립중앙도서관 출판예정도서 목록(CIP)은 서지정보유통지원시스템 홈페이지
(http://seoji.nl.go.kr)와 국가자료종합목록시스템(http://seoji.nl.go.kr/kolisnet)에서
이용하실 수 있습니다. (CIP제어번호 : CIP2011001271)

어린이제품안전특별법에 의한 제품표시
제조자명 뜨인돌 **제조국명** 대한민국 **사용연령** 만 8세 이상

신나는 노빈손 세계 역사탐험 시리즈 10

노빈손의 위풍당당 러시아 행진곡

김솔아 지음 | **이우일** 일러스트

뜨인돌

갑자기 몰아닥친 한파로 온몸에 닭살이 돋아, 한 마리의 백숙이 될 것만 같았던 12월의 어느 날. 나는 이불을 머리끝까지 뒤집어쓴 채 《노빈손 시리즈》를 읽고 있었어. 어딜 가나 사건을 몰고 다니는 노빈손의 유쾌한 모험담을 읽으면서 이 추위를 이겨 보려는 심산이었지.

그리고 영국, 스페인, 프랑스, 독일 등 〈세계 역사탐험 시리즈〉를 쭉 읽어 내려간 나는 억울한 마음이 들기 시작했어.

'아니, 지금 나는 얼어 죽기 일보 직전인데, 빈손인 희희낙락 세계 여행을 즐기고 있단 말이야?'

심술이 난 나는 곧바로 지구본을 가져와 빙글빙글 돌리며, 한 가지 음모를 세웠어. 노빈손을 세계에서 가장 넓고, 가장 추운 나라인 러시아 한복판에 뚝 떨어뜨리기로 한 거지.

나의 계략으로 노빈손은 아무런 준비도 없이 18세기 러시아로 가게 된 거야. 그런데도 빈손이가 가만히 있었냐고? 물론 아니지. 자기는 머리카락이 네 가닥밖에 없어 남들보다

추위를 더 많이 타는데, 어찌 이렇게 추운 곳으로 보낼 수 있냐며 내게 연신 항의를 해댔어.

하지만 신기하게도 그 원성은 곧 잠잠해졌단다. 왜냐하면 노빈손이 러시아에 떨어진 지 얼마 되지 않아, 끝을 알 수 없을 정도로 광활하고, 아름다운 문화ㆍ예술을 꽃피우는 러시아에 홀딱 반해 버렸거든. 빈손일 골탕 먹이려던 내 계획이 수포로 돌아가겠는걸?

하지만 지금껏 그래 왔듯, 노빈손 앞에 펼쳐질 모험의 길은 쉽게 걸어갈 수 없는 삐뚤빼뚤한 비포장도로란다. 잘 뻗은 아스팔트길보다 어디로 나 있는지 모를 샛길을 더 좋아하는 노빈손은 이번 러시아 모험도 퍽 즐거운 모양이야. 그럼, 우리도 함께 노빈손을 따라 황제들과 예술가들의 나라, 혁명의 나라라 불리는 러시아로 떠나 볼까? Let's go!

김솔아

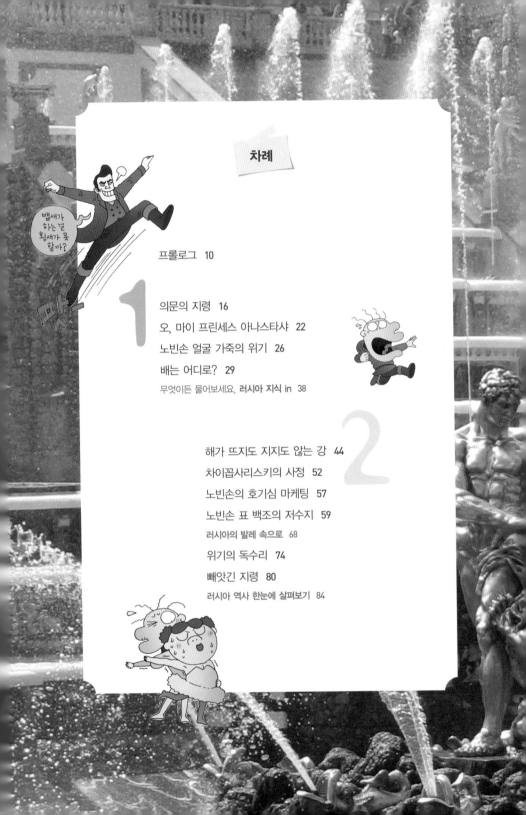

차례

뱁새가 하는 걸 황새가 못 할까?

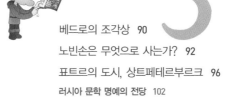

등장인물

노빈손

북방전쟁이 한창이던 18세기 러시아에 떨어져 의문의 지령을 받게 된 노빈손. 이번엔 비밀요원으로 변신하는 건가? 매서운 러시아의 추위에도 결코 굴하지 않는 우리의 노빈손은 세계에서 가장 거대한 나라를 종횡무진하며 지령의 수수께끼를 하나씩 풀어 나간다.

아나스타샤

러시아 금발의 미녀. 이번 모험에서 노빈손과 콤비가 되어 위기를 헤쳐 나간다. 로마노프 황실의 4번째 공주라 사기치는 연기가 일품. 알고 보면 사연 많은 여린 소녀로 유연성이 대단하다.

표트르 대제

18세기 러시아의 개혁 군주. 남들이 불가능하다고 생각하는 것을 가능케 하는 놀라운 카리스마와 추진력의 소유자로, 네바 강 늪지대에 상트페테르부르크를 세워 러시아를 유럽 강대국으로 이끈다.

칼12세

스웨덴 왕으로 표트르 대제와 영원한 앙숙으로 북유럽을 냘름 삼키려는 야심가이다. 북방전쟁에서 승리하기 위해 007을 고용하지만 어째 뜻대로 되지 않는다.

007

칼 12세가 고용한 영국인 스파이. 세계에서 가장 유명하고 유능한 스파이나, 대한의 남아 노빈손에게는 고전을 면치 못한다. 이번 모험에서는 노빈손 덕에 물 알레르기까지 생기는데……

차이꼽사리스키

음악을 사랑하고 러시아의 문화, 예술을 꽃피우려는 작곡가. 노빈손, 아나스타샤의 도움으로 지금껏 러시아에서 보지 못했던 새로운 공연을 하게 된다.

똘스똘이

고뇌에 휩싸이면 맨몸으로 러시아를 휘젓는 수상한 할아버지. 사실은 사람에 대한 깊은 연민을 가진 소설가로 노빈손을 만나 위대한 깨달음을 얻는다.

트레치니

표트르 대제가 특별히 모셔 온 이탈리아 건축가. 표트르의 이상을 반영한 판타스틱하고 원더풀한 도시, 상트페테르부르크를 건설하는 데 여념이 없다.

이반 빠글로프

백발에 꼬질꼬질한 차림의 은둔형 천재 과학자. 동굴 속에서 드루족 형제들과 종소리 연구에 매진한다.

 프롤로그

18세기 초, 러시아의 국경 지대 그로드노.

그곳에 세워진 한 막사엔 밤늦게까지 불이 켜져 있었다. 모두가 잠든 시각에도 깨어 있는 사람은 바로 스웨덴의 젊은 황제 칼 12세였다. 그의 앞에 낮게 엎드린 병사는 잔뜩 흥분한 목소리로 고했다.

"폐하, 드디어 저희가 러시아 근처까지 진격해 왔습니다. 이제 곧 거대한 러시아가 폐하의 것이 될 것입니다!"

칼 12세는 눈을 번뜩이며, 축하주 한 잔을 들이켰다. 바이킹의 젊은 후예는, 훗날 '북방전쟁'이라 불릴 전투를 수행 중이었다. 그는 덴마크, 폴란드, 삭소니아를 차례대로 굴복시키고 이제 가장 어렵고 방대한 적인 러시아만을 남겨 두고 있었다. 러시아만 정복한다면, 스웨덴은 대적할 자가 없는 북유럽의 패자가 될 터였다. 하지만……

그는 웃음을 거두고 냉철한 표정으로 돌아왔다. 러시아는 그렇게 만만한 상대가 아니었다.

"우리의 오랜 염원이 드디어 이뤄지겠군. 하지만 방심해서는 안 되네. 러시아는 우리의 공격 방향을 예상하며 모든 곳에 병력을 배치해 두었을 거야. 그러니 우리도 준비를 철저히 하고 장기전에 대비해야 할 걸세."

옆에 있던 신하는 지나친 경계라는 듯 칼 12세에게 아뢰었다.

"폐하, 뭘 그리 걱정하십니까? 러시아는 땅덩어리만 큰 은둔의 제국입니다. 200년 넘게 타타르족의 지배를 받아온 터라, 그 나라의 차르들은 겁이 많고 군대를 제대로 다룰 줄 모릅니다. 심지어 그들은 해군조차 없지 않았습니까? 그런 러시아가 패배를 모르는 군대인 저희 스웨덴의 상대가 될 리 없습니다. 설령 표트르가 있다 해도 말이죠."

표트르. 그 이름에 술잔을 들고 있던 칼 12세의 손이 흠칫 떨렸다. 얼마 전까지만 해도 칼 12세 역시 러시아는 땅덩어리만 클 뿐, 문화도 외교도 군사도 모두 형편없는 유럽 변방의 낙후 국가라고 생각했다. 하지만, 그것은 어디까지나 지금의 차르가 즉위하기 전의 일이었다. 표트르 1세, 그는 차르에 오르자마자 러시아의 모든 것을 바꾸고 있었다.

'저들은 아직 표트르를 얕보고 있지만 그는 위험한 존재야. 지금의 러시아를 봐. 예전과는 전혀 다른 나라 같잖아. 차르가 되자 기다렸다는 듯 군대를 개혁하고, 해군을 만들고, 다른 나라와 무역을 시작했지. 게다가 전장에서는 용맹하고 총명하기까지 해. 그는 분명 이번 전쟁에서도 가장 큰 걸림돌이 될 거야.'

만약 표트르만 없었다면, 장기전으로 끌지 않고 수도인 모스크바로 곧장 진격할 수

광활한 러시아를 잇는 열차

세계에서 가장 긴 거리를 달리는 열차, 시베리아 횡단 철도(Trans-Siberian Railway, TSR)는 아시아 동쪽 끝 블라디보스토크에서 출발해 러시아 수도 모스크바에 도착할 때까지 꼬박 6박 7일이 걸린다. 60여 개의 역에서 정차하고 시간대가 7번이나 바뀐다. 군사력을 강화하고 중국과의 무역을 늘리기 위해 1891년부터 공사를 시작해 1916년에 전 구간이 개통되었다. 철도 길이는 무려 9,334km. 이 거리는 지구의 3분의 1에 해당한다 하니, 정말 상상을 초월하게 길지 않나?

도 있었을 것이다. 칼 12세의 얼굴에 떠오른 수심을 눈치 챈 신하가 조심스레 입을 뗐다.

"폐하, 그토록 표트르가 신경 쓰인다면 '그'를 써 보심이 어떻겠습니까?"

"아니, '그'라면……!"

칼 12세는 눈을 빛냈다. '그'의 명성을 여러 사람들에게 들었던 터라 솔깃했다. 그를 직접 본 사람은 많지 않지만 그의 수많은 무용 담은 전설처럼 듣는 사람들의 마음을 앗아갔다.

칼 12세는 주위를 한번 둘러본 후 나지막한 목소리로 물었다.

"그 자를 이곳으로 불러들일 수 있나?"

"물론입니다. 마침 그가 임무 수행을 위해, 이 근처에 있다는 정보를 얼마 전에 입수했습니다. 원하신다면 당장 사람을 보내 그에게 일을 의뢰할 수도 있습니다."

칼 12세는 턱을 괴며 골똘히 생각에 잠겼다. 그는 곧 자세를 풀고 신하에게 가까이 오라는 손짓을 했다.

"그렇게 하지. 이번 일은 아주 은밀하고 신속하게 진행되어야 하네."

"염려 붙들어 매십시오. 그는 이런 일에 있어서는 누구보다 전문 가니까요."

칼 12세의 명을 받든 신하는 밖으로 나갔다. 신하가 떠난 후에도 칼 12세는 한참이나 막사에 머물러 있었다. 그는 의자에 몸을 파묻은 채, 자신의 손아귀에 거대한 러시아 땅을 쥐는 즐거운 꿈을 머릿속에 그려 보았다.

"또, 그 꿈인가."

그 시각, 한 남자 역시 잠에서 깨어나 적막한 바닷가를 거닐고 있었다. 그는 요 며칠 동안 같은 꿈만을 반복해서 꾸었다. 하지만 그 꿈의 의미를 정확히 알 수는 없었다. 그는 바다를 바라보며 혼잣말을 했다.

'사실 내 꿈은 저 너머에 있는데 말이야. 바다를 통해 닫힌 제국을 열고 모든 것을 새롭게 바꾸는 거야. 내 백성들이 가장 부강하고 발전된 나라에 살 수 있도록.'

그는 자신의 오랜 의지를 다졌다. 하지만 저 바다 끝, 북쪽에는 그의 꿈을 가로막는 커다란 장애물이 있었다. 그것은 다름 아닌 스웨덴. 지금 러시아 땅을 침략한 칼 12세의 강국이었다.

'칼 12세! 나는 이 나라와 백성, 그리고 나와 내 선조들의 꿈을 지킬 것이다. 반드시!'

그의 눈은 강한 결의로 빛나고 있었다. 그는 주먹을 불끈 쥐고 매서운 바람이 부는 바다를 보며 한참을 서 있었다. 나라 걱정에 잠들 줄 모르는 남자의 이름은 러시아의 황제, 표트르였다.

의문의 지령

영하 40도, 체감온도 46도.

노상방뇨하는 사람의 오줌발마저 그대로 얼려 버리고, 남자들의 턱밑에 수염 대신 고드름을 달아 주는 18세기 러시아의 한복판. 온몸을 천으로 가린 수상한 남자가 주점에 앉아 초조하게 누군가를 기다리고 있었다.

'늦는군. 칼 12세께서 고용하셨다는 스파이는 대체 언제 오는 거지?'

그때, 끼익- 하는 소리와 함께 낡은 주점의 문이 열렸다.

"서… 서… 성냥 사세요, 성냥. 한번 붙이면 절대 꺼지지 않는 노빈손표 성냥……."

감전이라도 된 듯 벌벌 떨리는 목소리를 내며 주점 안으로 들어선 사람은 한 성냥팔이 소녀. 몇 가닥 남지 않은 머리카락은 꽁꽁 얼고, 흘러내린 콧물은 그 모양 그대로 굳어 버린 가련한 성냥팔이 소녀는 손님들 사이를 돌며 성냥을 권했다.

그러나 작년 추석 때 얼린 냉동실 송편 같은 얼굴의 성냥팔이 소녀 노빈손은 모두에게 외면당하고 있었다. 단 한 명, 창가 근처에

세계에서 가장 추운 마을, 러시아의 오미야콘

오미야콘은 인구 800명의 시베리아의 작은 시골 마을로, 세계에서 가장 추운 지역으로 꼽힌다. 지구의 가장 내륙에 위치한 이곳의 겨울 평균기온은 영하 45℃(서울의 1월 평균기온이 영하 7.2℃). 물을 공중에 뿌리자마자 얼음으로 변할 정도라고. 세계에서 가장 연교차가 큰 도시는 러시아 극동부 사하 공화국에 있는 도시, 베르호얀스크다. 1월 평균기온은 영하 45.9℃, 7월 평균기온은 영상 15.9℃.

앉은 수상한 남자만이 아까부터 노빈손을 주시하고 있었다. 그는 모든 것을 꿰뚫을 듯한 날카로운 눈빛으로 노빈손을 구석구석 살폈다.

'저 이국적이고 독특한 얼굴… 혹시 저자가 영국인 스파이? 상당한 꽃미남이라고 들었는데 헛소문인가? 아무리 스파이라고 해도 여장까지 하다니. 철저한 건 좋지만, 좀 추하군.'

남자는 내키진 않았지만, 아직 하나의 성냥도 팔지 못하고 있는 노빈손의 곁으로 다가가 자리를 잡고 앉았다.

"주인장, 여기 이 손님에게 보드카 한 잔! 내가 사지."

"앗, 감사합니다. 그런데 보드카보다는 좀 따뜻한 걸로 안 될까요? 제가 러시아 여행 중에 갑자기 이곳으로 떨어져서 지금 너무 배가 고프거든요. 이런 일을 하도 많이 겪어서 익숙하긴 하지만요."

남자는 노빈손의 넉살에 잠깐 이맛살을 찌푸렸다가 "보드카 말고 보르시치 수프로"라고 주문을 정정했다. 이내 김이 모락모락 나는 수프가 나오고, 노빈손은 남자가 무어라 말을 건넬 틈도 없이 수프를 먹어 치우기 시작했다. 덕분에 접시는 채 30초도 지나지 않아 바닥을 드러냈고, 노빈손은 먹다 말고 만족스러운 듯 "꺼억~" 하고 묵혀 둔 트림을 했다.

남자는 가볍게 혀를 찼다.

'정말 이 녀석이 전 세계에서 가장 노련하다는 스파이인가? 도저히 믿을 수가 없군. 단지 신분을 숨기기 위해 멍청한 척을 하고 있는 것뿐인지… 아니면…….'

남자의 생각을 알 리 없는 노빈손은 포만감에 젖어 시시껄렁한 농담을 뱉었다.

"여기서는 트림도 공기 중에서 얼어 버릴 줄 알았는데, 그렇진 않네요? 세계 여러 나라를 다녀 봤지만, 여기처럼 추운 곳은 처음이에요. 아, 남극은 빼고요."

순간, 남자는 '남극'이라는 말에 놀라 몸을 움찔했다.

"남극이라……."

러시아 사람들이 사랑하는 보드카

보드카는 14~15세기부터 즐겨 마신, 오래된 증류주이다. 러시아어로 '물' 혹은 '바다'라는 뜻이며 제정 러시아 시대에는 제조법이 비밀이었지만, 사회주의 혁명 때 제조 기술이 남유럽으로 전해졌다. 독하지만 투명하고 무미한 보드카 술맛은 러시아의 추운 날씨와 기름진 음식에 잘 어울리기 때문에 러시아 사람들은 보드카를 사랑한다고.

남자는 낮게 중얼거린 후, 성냥팔이 소녀는 유능한 스파이가 틀림없다고 생각했다. 전설적인 스파이가 아니고서야, 대체 누가 남극 땅에 발을 디뎌 봤겠는가? 남자는 확신에 차서 자리에서 일어났다. 그러곤 노빈손에게만 들릴 정도의 낮고 음침한 목소리로 속삭였다.

"좋다. 이미 계약은 알고 있겠지? 반은 지금, 나머지 반은 임무를 완수한 뒤 우리를 찾아와서 받도록. 우리는 지금부터 모스크바를 향해 진격할 것이다."

"네?"

"실패는 용납되지 않는다. 만약 일이 틀어진다면 무적의 왕 이름으로 응징할 것이다."

"그러니까 그게 무슨 소리……?"

접시 바닥을 긁던 노빈손이 고개를 들었을 때, 남자는 이미 사라진 뒤였다. 주점 문은 반쯤 열려 있었고, 남자가 떠난 자리에는 휑하니 바람만 불었다.

세계 여행 중, 러시아로 오는 배에서 말숙이와 「타이타닉」흉내를 내다가 바다에 빠져 이곳으로 떨어진 것도 황당한데, 이 무슨 수수께끼 같은 말인가.

어리벙벙해진 노빈손은 테이블 위를 물끄러미 바라보았다. 빈 접시를 보니 다시 배가 고파지는 기분이었다. 접시 바닥이라도 핥아

보르시치엔 뭐가 들어갈까?
보르시치는 양배추나 시금치, 순무, 당근, 양파와 고기를 넣고 끓인 러시아식 전통 수프. 러시아인들은 '빵이 우리의 아버지라면, 보르시치는 우리의 어머니'라고 말할 정도로 이 음식에 특별한 애정을 가지고 있다.

야겠다는 생각에, 수프 접시를 번쩍 들어올렸다. 그러자 무언가 이상한 것이 보였다. 자세히 보니 희붐한 빛을 뿜는 작은 쪽지였다.

'러시아식 포천 쿠키에서 나온 운세 쪽지인가?'

노빈손은 고개를 갸우뚱하며 쪽지를 펼쳐 보았다.

> 해가 뜨지도 지지도 않는 강의 열쇠에서 두 마리의
> 독수리를 떨어뜨려라.

"아니, 이게 웬 말숙이가 김태희 되는 소리야? 대체 무슨 뜻이지?"

노빈손은 몇 번이나 쪽지를 읽어 보았지만 도무지 뜻을 알 수가 없었다. 두 마리의 독수리는 뭐고, 해가 뜨지도 지지도 않는 강이 세상에 어디 있으며, 더군다나 그 강의 열쇠라니?

노빈손은 러시아 사람들은 오늘의 운세를 참 어렵게 쓴다고 생각하며 쪽지를 호주머니에 넣고 일어섰다. 이제 다시 성냥을 팔러 가야 했다. 막 뒤돌아서려는데 주인이 노빈손을 불러 세웠다.

"이봐, 짐을 놓고 갔어."

"짐이오? 전 짐이 없는데요?"

"아까 같이 이야기하던 사람이 손님 옆에 이걸 두고 갔는데…….
일행이 아닌가?"

주인은 묵직해 보이는 자루 하나를 노빈손에게 넘겨주었다. 조심

스럽게 자루의 매듭을 풀어 그 속을 들여다본 순간, 노빈손은 엄청
난 빛에 눈을 찡그릴 수밖에 없었다.

"헉… 이… 이게 뭐야!"

그 안에는 엄청난 양의 은화가 들어 있었다. 눈부신 은화에 머리
가 어지러워진 노빈손은 잠시 멍하게 서 있다가, 이내 정신을 차리
고 문 쪽으로 뛰기 시작했다. 어서 빨리 은화를 남자에게 돌려줘야
한다는 생각에서였다.

노빈손은 전속력으로 뛰었다. 그러다가 그만 주점 문 앞에서 한
남자와 정면으로 부딪히고 말았다.

"흐익!"

"앗, 쏘리쏘리, 미안해요!"

"아니, 괜찮아요. 그럼 이만."

노빈손은 남자의 인사를 뒤로한 채 쌩하
고 문밖으로 달려 나갔다.

노빈손과 부딪힌 미남자는 가볍게 옷을
털고는 느긋한 걸음으로 테이블로 다가가 턱
을 괴고 앉았다.

주인이 남자를 보며 물었다.

"뭐로 하시겠수?"

"…본드."

"본드? 우리 집은 그런 건 안 팔아. 청소년
보호업소거든."

**러시아에서는 술을 주문할 때
목을 두드린다?**

피뢰침이 없던 19세기, 성베드로
성당 첨탑이 번개를 맞아 부서졌
다. 수리공인 테르시킨이 2년에
걸쳐 훌륭히 복원하자 공로로 평
생 술을 공짜로 먹을 수 있게 되
었다. 표식은 바로 목에 있는 문
신이었는데 목을 보여 주면 술집
에서는 테르시킨에게 술을 대접했
다. 이 이야기는 지금까지 전해
내려와, 러시아 사람들은 술을 주
문할 때 습관처럼 목을 톡톡 두
드린다.

"아니, 내가 바로 본드, 그 유명한 제임스 본드요."

"그러니까 그런 건 없다니까. 아무것도 안 마실 거면 썩 나가!"

"훗, 이번 임무 전달자는 참 철저하군. 알겠소. 일단은 마티니 한 잔. 젓지 말고 흔들어서. 하지만 이 잘생긴 얼굴을 보고도 모르다니, 이거 섭섭하군. 나는 칼 12세께서 고용한 007이 틀림없소. 그러니 어서 지령과 은화 자루를 주시오."

심드렁히 007을 바라보던 주인은 그 말에 무언가가 생각났는지 표정이 밝아졌다.

"아, 자루? 그거라면 방금 웬 이상하게 생긴 총각이 가지고 나갔는데. 한 발 늦었수, 008 양반. 아니 009던가?"

"뭐? 뭐라고?"

007은 넋이 나간 듯 멍한 얼굴로 주점의 문을 바라보다가 이마를 탁 소리 나게 쳤다. 007, 그는 직감으로 이번 임무가 엇갈린 꽈배기처럼 꼬여 가는 걸 느꼈다.

 ## 오, 마이 프린세스 아나스타샤

"헉헉, 이 아저씨 걸음도 빠르시네. 도대체 어디로 간 거야?"

은화의 주인을 찾아 어느새 강가까지 온 노빈손은 주변을 두리번거렸다. 그러나 매서운 바람이 몰아치는 밤에 누군가를 찾는다는 것은 결코 쉬운 일이 아니었다.

'흐으, 추워. 지금이 대체 몇 세기지? 17세기? 18세기? 어쨌든 경찰서가 있는 시대에 떨어진 것 같진 않으니, 내가 찾아서 돌려줘야만 할 텐데.'

바라면 이루어진다고 했던가. 간절히 남자를 찾던 노빈손은 온몸을 천으로 감싼 행인을 발견했다.

"헉, 찾았다! 아저씨! 잠깐만요! 주점에 이걸 두고 가셨어요!"

바로 뒤까지 쫓아가 그를 불렀지만 전혀 미동이 없었다. 노빈손은 남자의 어깨를 잡았다.

"아저씨, 분실물에 주의하셔야죠. 특히 이런 은화는요. 제가 아저씨를 얼마나 찾아 헤맸는지 아세요? 저처럼 착한 청년을 만났으니 다행이지, 다른 사람 같았으면 벌써 꿀꺽했을 거예요."

"은화?"

남자가 중얼거렸다. 노빈손은 고개를 갸웃했다. 남자의 목소리가 너무도 가느다란 미성이었던 것이다.

곧 뒤를 돌아본 사람은 동화 속의 공주님이라고 해도 믿을 법한, 아름다운 소녀였다.

"헉, 죄송합니다. 사람을 잘못 봤네요."

노빈손은 가볍게 고개를 숙인 후 뒤돌아섰다.

"저, 혹시 괜찮으시다면… 저를 도와주시면 안 될까요?"

재밌는 러시아 화폐 단위

러시아 화폐는 우리나라와 마찬가지로 동전과 지폐로 이뤄져 있다. 하지만 여러 나라가 '원', '달러', '엔'으로 한 가지 명칭만 있는 것과는 달리 러시아 화폐 명칭은 단위에 따라 다양하다. 지폐는 루블로, 동전은 코페이카로 부른다. 러시아는 명사에도 복수형이 있어서 동전인 경우, 1코페이카, 2~5코페이키, 6부터는 코펙. 지폐는 1루블, 2~5루블랴, 6부터는 루블레이라고 한다. 참고로 1루블은 우리 돈 40원 정도.

소녀는 애처로운 목소리로 물었다.

"제가 좀 바쁘긴 합니다만, 숙녀의 부탁이라면 도와드려야죠."

노빈손은 얼른 소녀 곁에 다가가 대답했다.

소녀는 꽃 한 송이 꺾지 못할 것 같은 가련하고도 청순한 표정으로 노빈손을 향해 입을 열었다.

"감사합니다. 러시아에선 보기 드문 완벽한 외모에 친절하시기까지 하군요."

"완벽한 외모……?"

노빈손은 2천307일 만에 들어 보는 외모 칭찬에 심장이 3단 고음으로 콩닥거렸다.

"친절하신 분께 먼저 제 이름을 밝혀야겠죠? 저는 아나스타샤 니콜라예브나 로마노프. 이 나라의 공주랍니다."

"네에? 이 나라의 공주님이시라고요? 어째서 공주님이 이런 곳에 계시는 거죠?"

아나스타샤는 얼굴에 슬픈 빛을 띠며 눈물을 훔쳤다.

"그게… 저는 사실 로마노프 황실의 넷째 공주인데 사악한 마법사 라스푸틴의 저주를 받아 기억의 일부를 잃고 궁에서 버려졌답니다. 라스푸틴은 제가 이 나라에 불행을 가져올 거라면서 부하들을 보내 저를 없애려 하고 있어요. 그래서 전 라스푸틴의 수하들을

헷갈리는 러시아 이름 완전 정복!

우리나라 이름은 두세 글자인데, 러시아의 이름은 왜 길게만 느껴질까? 러시아 이름도 자세히 살펴보면 우리나라 이름만큼이나 간단하다. 러시아의 이름은 나만의 이름, 아버지 이름, 성의 순서로 이루어진다. 레프(나만의 이름) 니콜라예비치(그의 아버지) 톨스토이(성). 아나스타샤(나만의 이름) 니콜라예브나(그의 아버지) 로마노프(성).

피해 이곳까지 도망을 온 거랍니다. 흑흑흑흑."

아나스타샤는 더 크게 울음을 터트렸다.

"아니, 그런 곤란한 상황에 처해 계실 줄이야. 남의 불행을 보면 절대로 넘어갈 수 없는 러시아 대륙급 오지랖의 소유자인 저, 노빈손이 도와드릴게요! 뭐든지 말씀만 하세요!"

"흑, 정말 친절하시군요. 마침 제가 여비가 딱 떨어져서, 허기지고 여관방에 들어가 쉴 수도 없는 상황인 것을 어찌 아셨나요. 혹시 제게 돈을 좀 빌려 주실 수 있을까요? 듣자 하니 은화가 있으시다고……. 제가 궁으로 돌아가면 이 은혜는 꼭 갚을게요. 설마 이 불쌍한 공주를 외면하진 않으시겠죠?"

"네? 그건 좀……."

아나스타샤는 곤란해하는 노빈손의 대답은 듣지도 않은 채, 그가 들고 있는 자루를 향해 손을 뻗었다. 노빈손은 급히 자루를 품속에 넣으려고 했지만 자루를 잡고 있는 아나스타샤의 완력이 너무나도 강했다.

"이… 이러지 마세요, 공주님! 이건 제 돈이 아니라서 빌려 드릴 수가 없어요!"

"공주가 위기에 처했다는데 이 정도도 못 해 줘요? 내놔, 내놓으라니까!"

어느새 아나스타샤는 말투까지 변해 있었다. 노빈손과 아나스타샤는 자루를 잡은 채

예언자 라스푸틴
그리고리 예피모비치 라스푸틴은 제정 러시아 말기의 파계 성직자이자 예언자다. 1903년 기상천외한 기도로 혈우병으로 고생하는 황태자를 낫게 하여 황후와 황제의 총애를 얻었다. 황제를 등에 업고 러시아의 민중에게 엄청난 세금을 거둬들이고 이의를 제기하는 농민에게 총탄을 퍼붓는 만행까지 저질렀다. 디즈니가 만든 애니메이션 「아나스타샤」에서는 그가 아나스타샤 공주를 내쫓는 악당으로 묘사된다.

계속해서 실랑이를 벌였다. 러시아의 혹한 속에서 둘의 이마에는 땀방울까지 맺혔다.

'으, 안 되겠어. 이대로라면 뺏기고 말 거야.'

노빈손은 최후의 힘을 짜내어 자루를 끌어당겼다. 그러자 아나스타샤가 자루를 놓쳤고, 노빈손은 자루를 품에 안은 채 뒤로 벌러덩 넘어가고 말았다. 눈앞에 노란 별이 쏟아졌다.

"아이고, 머리야."

말숙이 표 지옥의 드롭킥을 맛본 듯 두개골이 깨지는 것 같았다. 가까스로 몸을 가누어 일어났을 때, 노빈손의 등 뒤에서 나지막한 남자의 음성이 들려왔다.

"찾았다."

남자의 눈은 먹잇감을 노리는 맹수처럼 서슬 퍼렇게 빛나고 있었다.

 ## 노빈손 얼굴 가죽의 위기

"후후후."

어리벙벙한 노빈손을 보며 웃는 그는 주점에서부터 쫓아온 007이었다.

007은 주점 주인이 그려 준 초상화를 한번 흘끗 바라본 후 노빈손에게 시선을 돌렸다. 초상화의 그림과 노빈손의 얼굴은 정확히

일치했다. 007은 비릿한 웃음을 지으며 말했다.

"감히 이 007 님의 지령을 가로채다니, 제법 솜씨가 좋구나. 게다가 변장술도 대단하군. 처음 이 초상화를 봤을 때는 세상에 이런 얼굴은 없을 거라고 생각했건만. 정말 대단해! 지금 네가 쓰고 있는 얼굴 가죽은 대체 어떻게 만든 거냐? 어디서 주문 가능하지?"

코드명 007의 뜻은?

제임스 본드(007)는 영국의 추리 작가 이언 플레밍이 자신의 소설 『카지노 로열』에 등장시킨 가공의 인물. 유명한 스파이의 코드명인 007은 무슨 뜻일까? 007의 '00' 은 영국 비밀 정보국인 MI6에서 허가해 준 살인 면허이고 '7'은 살인 면허를 가진 일곱 번째 요원'이라는 뜻이다. 그러니 다른 요원이 더 있겠지? 이언 플레밍의 소설에선 살인 면허를 받은 대원이 3명 출연하고 영화에서는 무려 8명이 더 나온다.

노빈손은 아직 아픈 머리를 감싸 쥔 채 불쾌하다는 듯 대답했다.

"지령이오? 뭔가 착각하신 것 같은데, 전 그런 거 가로챈 적 없어요. 그리고 얼굴 가죽이라니…… 이건 엄연한 대한민국 표준 미남인 노빈손, 바로 제 얼굴이라고요!"

007은 혀를 쯧쯧 차며 허리춤에서 검을 꺼내 노빈손을 향해 겨누었다.

"노빈손이라니, 정말 구린 코드 네임이군. 끝까지 시치미를 떼겠다면 어쩔 수 없지. 너를 죽이고 지령과 돈을 가져가는 수밖에! 그리고 너의 얼굴 가죽도 내 변장 컬렉션에 추가해 주마!"

007의 검이 바람 같은 속도로 노빈손을 향해 돌진해 왔다.

"으악!"

노빈손은 007의 검을 간발의 차로 피하고는 은화 자루를 품에 안은 채 달리기 시작했다. 옆에 있던 아나스타샤도 엉겁결에 노빈손을 따라 뛰었다.

"헉헉. 공주님, 혹시 저 사람이 라스푸틴의 수하인가요? 그래서 우리를 쫓아오는 건가요?"

숨찬 목소리로 묻자 발이 안 보이도록 뛰던 아나스타샤가 어이없다는 표정으로 노빈손을 보며 쏘아붙였다.

"무슨 소리야! 난 공주가 아니야! 그건 그냥 내가 지어낸 말이라고! 네가 하도 멍청해

아나스타샤 공주의 생존설
아나스타샤 니콜라예브나 로마노프는 러시아 제국의 마지막 황제 니콜라이 2세의 4번째 황녀다. 아나스타샤 공주는 1918년 러시아 혁명 때 볼셰비키에게 살해됐다. 하지만 1차 세계대전이 끝난 후 안나 앤더슨이라는 여자가 자신이 아나스타샤라고 주장하자, 아나스타샤가 살아 있다는 설이 급속도로 퍼졌다. 그러나 2009년 DNA 검사로 아나스타샤 전설은 가짜라고 판명되었다.

보여서 돈을 좀 뜯어 내려고 한 것뿐인데, 이게 무슨 일이야!"

노빈손의 얼굴에는 억울함과 황당함이 동시에 떠올랐다.

"뭐? 너 나한테 거짓말한 거야? 뭔가 이상하다 싶긴 했어. 으아, 그럼 저 사람은 누구야? 지령은 또 뭐고?"

"내가 어떻게 알아! 불길하게 생긴 애한테 접근하는 게 아니었는데, 너 때문에 망했어!"

서로를 원망하며 노빈손과 아나스타샤는 뛰고 또 뛰었다. 뒤에서는 007이 맹렬히 그들을 추격하고 있었다.

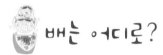 배는 어디로?

"헉헉, 따돌린 건가?"

숨 막히는 추격전 끝에 노빈손과 아나스타샤는 강가 으슥한 곳에 몸을 숨겼다. 노빈손은 안도의 한숨을 내쉰 후 주저앉아 지금까지의 일들을 반추해 보기 시작했다.

"이게 무슨 일이람? 분명 말숙이와 모스크바의 붉은 광장과 러시아 국립 박물관을 관람한 뒤, 음악회를 보고, 러시아식 사우나 바냐에서 느긋하게 땀을 빼며 여행을 만끽할 예정이었지. 그런데 시간을 뛰어넘어 이곳에 떨어졌어. 거기까지는 늘 있던 일이라 쳐도, 갑자기 거액의 은화가 생기질 않나, 칼 든 남자에게 얼굴이 벗겨질 뻔하질 않나… 또……"

노빈손은 말을 길게 끌면서, 옆에 쪼그려 앉은 아나스타샤를 흘 끗 째려보았다.

"자기가 공주라고 뻥치는 여자애에게 사기를 당하질 않나."

아나스타샤는 잠시 흠칫하더니 곧 뻔뻔한 얼굴로 바꾸었다.

"흥, 사돈 남 말 하기는. 나도 너 때문에 죽을 뻔했잖아."

"그게 무슨 소리야. 난 그 남자랑 전혀 모르는 사이라고. 난 대한 민국에서 여행 온 선량한 청년일 뿐인걸! 그 남자가 나를 다른 사람 과 착각한 게 틀림없어!"

당당함도 잠시, 노빈손은 한숨을 내쉬며 머쓱한 듯 머리를 긁적 였다.

"그렇지만 내가 위험에 처하게 한 건 사실이니까 사과할게. 미안 하다."

"아, 아니 뭐… 너보단 내가 더 미안하지. 널 속이고 네 돈을 뜯어 내려 했으니……."

"뭐, 그건 그렇네. 그나저나 넌 밤에 집엔 안 들어가고 왜 싸돌아다니고 있냐? 가족들 걱정하게."

"실은 난 지금 혼자야. 어머니는 어릴 때 돌아가시고 아버지는 지금 국경 지대에서 스 웨덴군과 싸우고 계셔. 소녀가장으로 살다 보니 돈이 궁해서."

아나스타샤가 시무룩하게 대답했다.

러시아의 붉은 광장은 왜 붉은 광장일까?

광장의 색깔 때문에 이름이 붉은 광장일까? 붉은 광장의 이름은 색 에서 유래된 것이 아니다. 러시아 어로 'Krasnaya'라는 말은 '붉 다'라는 뜻과 '아름답다'라는 두 가지 뜻을 가지고 있다. 붉은 광 장은 원래 '아름다운 광장'이라 는 뜻이다, 이 말씀!

사정을 듣고 있자니 아나스타샤에게 연민이 느껴졌다.

"너도 참 안됐구나. 그런데 지금 이 나라에 스웨덴이 쳐들어왔다고?"

아나스타샤는 의아한 눈으로 노빈손을 쳐다봤다.

"어떻게 모를 수가 있지? 지금 스웨덴의 칼 12세가 러시아 길목인 그로드노를 점령하고 있어서 언제 어디로 침략해 올지 모르는 상황이잖아. 우리 아빠 말이, 칼 12세는 신출귀몰한 전쟁의 천재라서 공격 방향을 예측할 수가 없대. 그로드노에서 노브고로드로 갈 수도 있고, 발트 해 안쪽으로 올 수도 있어. 다짜고짜 수도인 모스크바로 오진 않겠지만 혹시 또 모르지. 어쨌든 칼 12세를 막지 못한다면, 이 나라의 운명은 끝이야."

아직 말숙이와 제대로 러시아 관광도 못 해 봤는데, 전쟁에까지 휘말리다니! 노빈손은 더욱 우울해졌다.

노빈손의 기분을 눈치챈 아나스타샤가 위로의 말을 건넸다.

"너무 걱정하지 마. 우리가 이 전쟁에서 승리한다면 드넓은 바다와 북방의 패권을 쥐게 되니까. 그리고 우리에겐 낫띵 임파서블 (Nothing impossible) 표트르 차르가 계시니까. 그분과 함께라면 우리는 반드시 승리할 거야."

"엥? 낫띵 임파서블 표트르?"

칼 12세는 나이가 12세?

칼 12세는 스웨덴의 중요한 개혁들을 추진하고, 북방전쟁을 이끌었던 18세기 초 스웨덴의 황제다. 15살 어린 나이에 왕위에 오른 그는, 주변의 우려와는 달리 수많은 전투들을 직접 지휘하며 군사적 재능을 보였다. 또한 그는 수학, 과학, 철학, 신학에도 조예가 깊었다. 칼 12세가 추진한 행정 개혁안들은 대부분 시대를 앞서 간 것이었다.

노빈손이 눈알을 이리저리 굴리자 아나스타샤가 다시 말을 이었다.

"그래, 표트르 1세. 지금 이 나라의 차르시지. 차르는 외국물 좀 먹은 분이라, 매일 '낫띵 임파서블!' 이라고 외치면서 모든 일을 한다고 해. 불가능 그건 아무것도 아니다! 그런 뜻이라나? 정말 표트르 차르에게 불가능한 일은 없는 것 같아. 차르의 몸으로 직접 세계를 돌면서 유럽의 문물들을 배워 와선, 군대를 개혁하고 절대 돈을 내놓지 않는 귀족들에게도 세금을 거둔다고 하더라고. 전장에서는 늘 선두에 서서 병사들을 이끄신대. 정말 굉장하지?"

노빈손은 그제야 '표트르'라는 이름이 생각났다. 러시아 관광안내 책자에서 본 적이 있었다. 18세기 러시아의 위대한 개혁 군주로, 표트르 대제라고 불리며 중세 러시아를 근대화한 장본인. 그것이 책자에 있던 표트르에 대한 설명이었다.

'그러면 지금은 18세기 로마노프 왕가가 러시아를 지배하고 있다는 이야기군. 만만치 않은 모험의 냄새가 나는걸? 날 쫓아온 남자도 그렇고.'

노빈손은 몸을 일으켰다. 그러자 아나스타샤도 따라 일어나며 아직도 떨림이 묻어 있는 목소리로 물었다.

"지금쯤이면 갔을까? 근데 너 정말 그 남자랑 모르는 사이야?"

"전생에서도 본 적 없어. 어쨌든 망 좀 보고 오자."

차르 = 카이사르?
차르는 동유럽의 슬라브 민족 국가에서 군주를 이르는 호칭이다. 러시아에서 이 호칭을 처음 쓰기 시작한 사람은 모스크바대공국의 이반 4세인데, 이 호칭은 사실 로마의 황제였던 '카이사르'에서 유래했다.

노빈손은 살금살금 발걸음을 옮겼다. 강 바로 앞까지 도착한 둘은 남자의 기척을 찾았지만 어둠 속에 잠긴 강가에서는 바람 부는 소리를 제외하고는 아무것도 들리지 않았다.

"이제 간 것 같지? 역시 사람을 착각한 건가?"

"글쎄, 그런 것 같다. 너처럼 시각 공해를 일으키는 얼굴이 또 있다는 게 잘 믿어지지 않지만."

"아깐 완벽한 외모라더니……."

"그런 작업 멘트를 믿었냐?"

노빈손은 아나스타샤를 흘겨보았다. 아나스타샤는 큭큭댔고 잔뜩 긴장해 있던 노빈손의 얼굴에도 그제야 안도감이 떠올랐다.

하지만 그것도 잠시, 등 뒤에서 들려온 목소리는 다시 둘의 얼굴을 백짓장처럼 허옇게 만들어 버렸다.

"등잔 밑이 어둡다더니. 바로 여기에 숨어 있었군. 이 쥐새끼 같은 녀석들아!"

007이 그들을 발견한 것이다. 노빈손과 눈이 마주치자 그는 날카로운 단검을 내던졌다. 다행히도 007의 검은 아슬아슬하게 노빈손의 머리카락을 스치고 허공으로 날아갔다. 노빈손과 아나스타샤는 공포에 질려 비명을 지르며 정신없이 내달리기 시작했다.

"쳇, 빗나가다니! 007의 수치로군!"

"허윽! 이건 마술쇼나 영화가 아니라고

로마노프 왕가

1613년부터 1917년까지 304년 동안 러시아 제국을 통치한 왕조. 모스크바대공국의 강력한 전제 군주였던 이반 4세가 1584년에 죽자, 후계자 자리를 둘러싸고 귀족들 간에 치열한 다툼이 벌어졌다. 긴 혼란 끝에 1613년 러시아 전국 회의에서 이반 4세의 왕비 가문인 미하일 로마노비치를 새 황제로 추대해 로마노프 왕조가 시작됐다. 로마노프 왕가는 1917년 10월 혁명이 일어나서 러시아 제국이 멸망하기 전까지 러시아를 통치했다.

요! 맞으면 죽어요!"

007은 노빈손의 절규에도 개의치 않고 빠르게 거리를 좁혀 왔다. 007에게서 벗어나려 젖 먹던 힘을 다해 뛰고 또 뛴 노빈손과 아나스타샤는 체력의 한계에 봉착하고 말았다.

"헉헉, 빈손아, 이제 더 이상은 못 가겠어!"

"안 돼! 아나스타샤! 조금만 더 힘을 내!"

애써 아나스타샤를 다독였지만 노빈손 역시 온몸에 힘이 풀려 바닥에 주저앉기 일보 직전이었다. 이제 둘에게 남은 선택은 두 가지였다. 007의 검에 죽거나 물고기 밥이 되는 것.

노빈손은 절망스런 표정으로 다급히 주위를 둘러보았다. 그러자 강가 저편에서 출항하려는 배 한 척이 보였다.

"아나스타샤! 우리 저 배에 올라타자!"

노빈손과 아나스타샤는 배를 향해 전력 질주했다. 둘의 의도를 알아차린 007도 더 속력을 냈다. 007과 그들의 거리는 이제 손을 뻗으면 잡힐 정도로 좁혀졌다. 노빈손과 아나스타샤는 최후의 힘을 짜내, 막 강가를 떠나는 배를 향해 몸을 날렸다.

"으랏차차!"

기합을 넣으며 겨우 배에 올라탄 둘은 헉헉대며 숨을 골랐다. 이젠 안심이었다. 제아무리 007이라도 이미 떠난 배 위에 올라탈

세계에서 가장 오래된 호수, 바이칼 호

바이칼 호는 러시아의 시베리아 남쪽에 있는 호수로, 약 2천5백만 ~3천만 년 전부터 있었던 지구상에서 가장 오래된 호수다. 바이칼 호는 아시아에서 가장 넓은 민물 호수이며, 세계에서 가장 깊은 호수이기도 하다. 이렇게 넓고 깊은 바이칼 호에는 엄청난 종류의 어류, 조류, 포유류가 서식하고 있어 바이칼 호는 '시베리아의 진주'라고도 불린다.

수는 없었다.

하지만 그때, 무언가를 발견한 둘의 표정은 다시 경악으로 물들었다.

"이 애송이 놈들이!"

"흐이이이익!"

긴 다리를 쭈욱 뻗어 배를 향해 높이 뛰어오른 007이었다. 공중에서 서슬 퍼런 007의 눈동자와 초조한 노빈손의 검은 눈동자가 마주쳤다. 둘 사이에 팽팽한 긴장감이 오고 갔다. 배와 007, 어느 쪽이 더 빨랐을까? 곧 들려온 소리는…….

철써억~.

"어? 어? 으아아아아아아! 차가워! 으악!"

007이 얼음장 같은 강물에 빠지는 소리였다. 갑자기 세차게 분
바람에 밀려 007은 엉뚱한 곳으로 착지한 것이다.

"휴, 십년감수했네."

배 위에서 007의 냉수 마찰 장면을 지켜본 노빈손은 가슴을 쓸어
내렸다. 아나스타샤도 놀란 모양인지 커다래진 눈이 줄어들 줄을
몰랐다. 구사일생으로 겨우 위기를 넘긴 그들이었다.

'이제 우린 어디로 가는 걸까?'

그들의 앞날은 한 치 앞도 예상할 수가 없었다.

러시아인은
냉수 마찰을 좋아해

러시아인에게는 이열치열이라는
말보다는 이한치한이라는 말이 더
잘 어울릴 듯하다. 러시아 사람들
은 영하 51℃를 뛰어넘는 추위에
도 냉수 마찰을 하거나, 찬 바닷
물에 몸을 던지는 것을 즐긴다.
그야말로 혹한을 추위로 이겨 내
는 방법인 것이다. 냉수 마찰은
단순히 추위를 극복한다는 의미뿐
만 아니라 혈액 순환에도 큰 도움
을 준다고 하니, 우리 친구들도
한번 시도해 보는 게 어떨까?

한편, 그 시각 스웨덴 진영에서는.

방금 그곳에 도착한 한 남자가 칼 12세에
게 무언가를 아뢰었다.

"폐하, 영국인 스파이에게 무사히 비밀 지
령을 전달했습니다. 그는 임무를 완수한 후
우리를 찾아올 것입니다."

스웨덴의 젊은 황제는 어둠 속에서 눈을
번뜩였다. 이 바이킹의 후예는 덴마크, 폴란
드, 삭소니아를 차례로 굴복시키고 이제 러
시아만을 남겨 둔 상태였다.

"그래, 수고했네. 어차피 러시아는 땅덩어리만 큰 낙후된 왕국이야. '그'만 없다면, 우리가 러시아를 정복하는 건 아주 간단한 일이지. 후후. 저 거대한 땅이 내 것이 될 날도 얼마 안 남았군. 으하하하."

칼 12세의 거대한 음모가 지금 모습을 드러내려 하고 있었다.

러시아 지식 in

궁금증을 날려 주마!

지구본을 돌려 보거나 세계 지도를 본 적이 있니?

어느 나라가 가장 먼저 눈에 들어오니? 여러 나라

가 있겠지만, 아마도 아시아와 유럽에 걸쳐 엄청난 땅

덩어리를 가진 러시아가 아닐까?

러시아의 모든 것을 알려줄 테니 궁금한 것이 있으면 뭐

든지 물어보라고!

공식 명칭 러시아연방(Russian Federation)

수도 모스크바

정치·의회 형태 연방공화제 다당제

국가원수 대통령

공식 언어 러시아어(키릴문자)

독립년월일 1991년 12월 8일

화폐 단위 루블(rubl, рубль)

종교 러시아정교

기후 춥고 긴 겨울과 짧고 서늘한 여름을 가진 대륙성 기후(국토 절반 이상이 6개월 동안 눈으로 덮여 있다.)

● 국기의 의미

하양 고귀함과 진실·고상함·솔직·자유·독립

파랑 정직·헌신·순수·충성

빨강 용기·사랑·자기 희생

 우아, 넓다 넓어. 러시아는 세계에서 가장 큰 나라인가요?

딩동댕! 러시아는 약 1,707만 5,200km²의 면적(남한의 170배)을 가진 국가로, 세계에서 가장 큰 영토를 가지고 있지. 인구는 약 1억 4,070만 명(남한의 3배)이래. 인구 밀도는 높지 않아. 중국 면적이 960만km²이고 인구는 13억 3,861만 명이니, 중국과 비교해 봤을 때 인구 밀도가 어느 정도인지 상상해 봐.

헷갈린다, 헷갈려. 러시아는 유럽과 아시아에 걸쳐져 있는데, 그럼 러시아는 유럽인가요? 아시아인가요?

러시아 지도를 보자. 러시아는 우랄 산맥을 기준으로 하여 오른쪽은 아시아에 왼쪽은 동부 유럽에 속해 있단다. 그렇다면 러시아는 유럽일까? 아시아일까? 알쏭달쏭하지? 이것에 대해서는 의견이 분분해. 양쪽의 의견을 모두

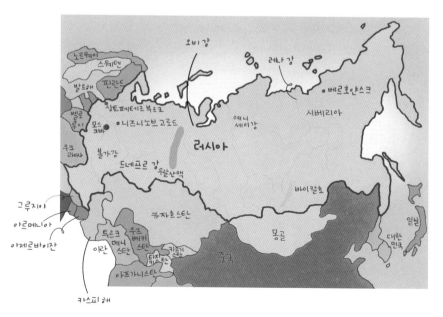

들어 볼까?

- 러시아는 유럽이다! 러시아의 현 수도인 모스크바는 유럽에 가까운 우랄 산맥의 서쪽이고, 인구 역시 동쪽보다는 서쪽에 몰려 있어. 게다가 러시아인은 백인종인 '슬라브족'이야. 문자도 알파벳에서 파생된 키릴문자를 쓰지. 그러니까 러시아는 인종과 언어로 볼 때 아시아보다는 유럽에 가깝다고 볼 수 있다, 이거야.

- 러시아는 아시아다! 무슨 소리! 수도인 모스크바가 유럽에 더 가까운 위치라고 해도, 우랄 산맥의 서쪽보다 아시아에 가까운 동쪽 땅이 러시아 국토에서 더 큰 비율을 차지한다고! 또 러시아 곳곳에서 아시아 문화와 관습이 많이 발견되지!

 정말요? 러시아의 어떤 문화가 아시아와 같나요?

여러 가지가 있지. 한번 볼까?

❶ 러시아는 서양의 개인주의 문화와 달리, 친족 중심의 문화야. 러시아의 대도시에서는 3대 가족을 흔히 볼 수 있고, 조부모가 손자, 손녀를 맡아 키우는 경우도 많아. 러시아 사람들은 부모 부양의 의무를 서양인보다 훨씬 더 강하게 느낀대.

❷ 가족에서 가장의 권위가 높고, 가사일과 금전 관리는 주부가 맡는 경우가 많아.

❸ 러시아 사람들은 인간관계를 중요하게 생각해. 특히 블라트(Blat)라고 하는 '인맥'은 러시아를 이해하는 키워드 중에 하나야. 러시아 사람들은 일상에서 '블라트(Blat)'를 만들려고 노력하지. 이건 관료주의가 강한 러시아 사회의 특징과도 관계가 있단다.

우리랑 많이 닮았지? 러시아는 유럽과 아시아 어느 한쪽으로만 단정 짓기엔 거대하고 복잡한 나라야. 그래서 러시아를 유럽 + 아시아를 합친 단어인 '유라시아'라고 부르기도 하지. 두 모습이 공존하는 것이 러시아의 매력 아니겠어?

흐으. 춥다, 추워. 영국에서 온 나는 얼어 죽기 일보 직전이야! 러시아 사람들이 혹한을 견디는 비결이 있다면 알려 주시오!

물론 있지! 비결은 바로 '바냐'야! 바냐는 오랜 역사를 가지고 있는 러시아식 사우나란다. 통나무로 만든 작은 집 형태를 띠고 있는 바냐는 주로 물을 구하기 쉬운 강가나 저수지 근처에 있어. 바냐에서 목욕하는 법을 알아볼까?

❶ 장작불로 페치(러시아식 난로)를 달군다. 페치에서 뿜어져 나오는 열기와 바냐 안의 온도가 비슷해지면 페치의 굴뚝을 막는다.

❷ 준비한 물을 페치에 붓는다. 이때 발생하는 수증기는 100°C에 이를 정도로 뜨겁기 때문에 주의! 이 수증기로 훈훈한 사우나를 즐긴다.

❸ 바냐에서 수증기 목욕을 적당히 즐겼으면, 자작나무 가지(베닉)로 몸을 마구 때려 준다. 왜냐고? 자작나무에서 나오는 좋은 기운이 혈액 순환을 도와주기 때문이지!

❹ 수증기 목욕을 끝내면 옷을 벗은 채로 바냐 밖으로 나온다. 그러곤 눈 속이나

강물에 몸을 던지재! 냉·온욕을 반복하면 피부가 탄력이 생겨서 추위에도 잘 적응할 수 있게 된다고!

러시아어 한 마디

안녕하십니까? — Здравствуйте [즈드라스트부이쩨]

안녕 (만날 때 : 친한 사이, 나이 어린 사람에게) — Привет [쁘리벳]

안녕 (헤어질 때) — Пока [빠까]

감사합니다. — Спасибо [스빠씨버]

미안합니다. — Извините [이즈비니쩨]

이름이 무엇입니까? — Как вас зовут? [까크 바스 자붓?]

제 이름은 노빈손입니다. — Меня зовут 노빈손 [미냐 자붓 노빈손]

해가 뜨지도 지지도 않는 강

"아이고! 머리야."

노빈손은 흔들리는 배의 벽면에 머리를 부딪혀 잠에서 깨어났다. 어젯밤 몰래 숨어 든 배의 창고에서 잠을 청한 노빈손과 아나스타샤는 피곤함에 한참이나 곯아떨어졌었다.

우린 어디쯤에 와 있을까? 노빈손은 자리에서 일어나 창문 밖을 보았다. 아나스타샤는 아직도 꿈속을 헤매고 있는지 코까지 골고 있었다. 노빈손은 고개를 설레설레 젓고는 밖으로 나왔다.

"한참 잔 것 같은데 아직도 밤이야?"

갑판에 선 노빈손은 머리 위로 낮게 어둠이 깔려 있는 주위 풍경을 보고 어리둥절했다.

'이상하다. 분명히 7, 8시간은 족히 잔 것 같은데……'

발걸음을 옮기자 노빈손의 귓가로 아름다운 음악이 들려왔다.

'어? 어디서 나는 소리일까?'

선율을 따라가니 뱃머리에서 한 남자가 바이올린을 켜고 있었다. 남자가 연주하는 바이올린 가락은 구슬프고 아름다워서, 노빈손은 한참이나 넋을 잃고 소리에 취해 있었다.

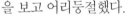
차이콥스키
표트르 일리치 차이콥스키(1840 ~1893). 광산 감독인 아버지와 프랑스계 러시아인 어머니 사이에서 태어났다. 외딴 시골 마을에서 태어난 그는, 원래는 법률을 공부했던 법학도였으나 음악에 재능과 열정이 넘쳐 음악의 길을 걷기로 결심한다. 상트페테르부르크 음악원에 입학해 재능을 키워 모스크바 음악원의 교수를 지내다가 40년간 창작에 전념하여 러시아 고전주의 음악을 완성했다. 교향곡, 오페라, 발레곡 외에 다수의 실내악곡, 협주곡 등을 남겼다.

기적을 느낀 남자가 연주를 멈추자 노빈손은 남자를 향해 진심 어린 찬사를 보냈다.

"이햐, 아저씨! 굉장한 곡이네요. 듣기만 해도 머릿속에 어둠에 잠긴 저수지, 아니 호숫가의 고요한 정경이 떠오르는 것 같아요!"

남자는 그 말에 깜짝 놀란 표정을 지었다.

"오이! 이 곡의 진가를 알아보다니! 자네 안목이 대단하군. 이 곡은 「백조의 저수지」라는 곡이네. 낮에는 백조로, 밤에는 인간으로 살아야 하는 저주에 걸린 오데트 공주와 지그프리트 왕자의 사랑 이야기에서 영감을 받아 만든 내 야심작이지."

"「백조의 저수지」요? 어디서 많이 들어 본 작품의 아류 같긴 하지만… 곡은 참 좋네요. 이 곡이 발표되면 분명 열광적인 반응이 있을 거예요!"

노빈손의 극찬에도 불구하고 남자의 얼굴에는 금세 우울한 빛이 떠올랐다. 그는 길게 한숨을 내쉰 뒤, 힘없는 목소리로 말했다.

"정말로 그렇게만 된다면 얼마나 좋겠나? 하지만 이곳 러시아는 문화, 예술의 후진국일세. 우리나라는 타타르족의 오랜 지배 탓에 서유럽 같은 르네상스도 없었지. 나는 「백조의 저수지」를 잘 알려져 있지 않은 새로운 형식으로 선보이려 하는데, 잘될지 모르겠어. 주위 사람들 말대로 외면만 받는 건

차이콥스키와 폰메크 부인
작곡가 차이콥스키에게 절대적인 지지를 보내는 한 명의 후원자가 있었으니 러시아 철도왕의 미망인인 폰메크 부인. 평소 차이콥스키의 음악에 경의를 표했던 그녀는 가난한 작곡가였던 차이콥스키에게 경제적 후원을 아끼지 않았다. 하지만 그녀는 후원에 단 한 가지 조건을 달았는데 '서로 절대로 만나지 않도록 할 것, 설령 마주치더라도 대화하지 말 것'이었다. 폰메크 부인의 후원은 15년 동안 이어졌으나 두 사람은 한평생 단 한 번밖에 만나지 못했다고.

아닌지⋯⋯."

노빈손은 정색을 하며 급히 손을 내저었다. 러시아가 예술의 후진국이라니! 말도 안 되는 소리였다.

"아니, 아저씨! 러시아가 문화, 예술의 후진국이라니요! 조금만 더 기다려 보세요! 백 년만 지나면 전 세계 사람들이 러시아 문학을 읽고, 러시아 음악을 듣고, 러시아 공연을 보려고 몰려올 거예요! 저도 그런 사람 중에 한 명이고요. 문화 하면 러시아! 예술 하면 러시아! 하는 시대가 온다니까요."

"오이! 그게 정말인가? 자네 아침부터 나한테 거짓말하는 거 아니지?"

"그럼요! 제 네 가닥밖에 없는 머리칼에 걸고 맹세해요! 그런데 아저씨, 아침이라뇨? 지금은 밤이잖아요. 아직 잠이 덜 깨신 건가."

"밤?"

남자는 황당한 표정을 지어 보이더니, 이내 알겠다는 듯 껄껄 웃었다.

"자네, 네바 강이 처음인가? 뭐, 이곳 사람 같지는 않아 보이니 모를 만도 하군. 이곳 네바 강 유역은 한겨울이면 해가 뜨지 않는다네. 뜬다 해도 매우 늦게 떠오르지. 지금처럼 말이야. 그래서 이곳에 처음 온 사람들은 낮에도 밤인 것처럼 착각하곤 하지. 껄껄."

백야와 극야

위도가 약 48도 이상 높은 지역에서 여름 동안 밤에 어두워지지 않는 현상을 러시아에선 '하얀 밤'이라고 부르고, 스웨덴을 비롯한 다른 지역에서는 '한밤의 태양'이라고 한다. 상트페테르부르크의 백야는 5월 말부터 시작되며 7월 중순까지 계속된다. 그러나 밤 12시 이후에는 5~6시간 정도 완전히 어두워진다. 극점에서는 낮이 186일 동안 지속된다고 하니 한 계절을 넘는 셈이다. 또한 겨울 극지방은 24시간 이상 해가 뜨지 않는 기간이 있는데, 이 현상을 극야라고 한다.

노빈손은 "엥?" 하고 고개를 갸웃했다가, 이내 곧 "우아" 하는 탄성을 내질렀다. 해가 뜨지 않는 곳이라니!

"그거 정말 신기하네요! 세상에 그런 곳이 다 있구나!"

노빈손은 고요한 어둠이 깔린 강을 감탄 어린 시선으로 바라보았다. 그런데 강을 가만히 바라보고 있자니, 이상한 기분이 들었다. 해가 뜨지 않는 강이라… 어디선가 들어 본 것만 같았기 때문이다.

'어… 혹시?'

한참을 생각하던 노빈손은 주점에서 발견한 쪽지를 떠올리곤 주머니에서 꺼내 다시 한 번 읽어 보았다.

> 해가 뜨지도 지지도 않는 강의 열쇠에서 두 마리의
> 독수리를 떨어뜨려라.

노빈손은 '해가 뜨지도 지지도 않는 강'이라는 부분을 입으로 몇 번 읊조리더니 남자에게 물었다.

"아저씨, 혹시 해가 지지 않을 때도 있나요?"

"물론. 한여름 네바 강은 하루 종일 해가 지지 않고 낮처럼 환하다네. 우린 그걸 하얀 밤이라고 부르며 즐기지. 아주 장관이야."

"앗!"

노빈손은 순간 얼음처럼 굳어 버렸다. 해가 뜨지도 지지도 않는 강이 실제로 존재한다니! 그렇다면 이건 단순한 러시아 포천 쿠키 쪽지가 아니란 말인가? 노빈손의 머릿속이 바빠지기 시작했다.

'이게 단순히 운세를 알려주는 쪽지가 아니라면, 우리를 뒤쫓아 온 남자가 말한 지령이라는 게 혹시 이걸 말하는 건가? 세상에! 그렇다면 강의 열쇠라는 건 뭐고, 두 마리의 독수리라는 건 또 뭐지? 으음… 이거 고민 좀 해 봐야겠는데.'

그간의 모험으로 미루어 볼 때, 복잡한 일에 휘말린 것이 분명했다.

"으으, 다리 저려. 쪼그려 잤더니 온몸이 다 쑤시네."

잠에서 깨어난 아나스타샤가 한쪽 발을 잡은 채 콩콩 뛰며 식량 창고에서 나왔다. 그녀는 한 발로도 놀라울 만큼 균형을 잘 잡으며 노빈손 쪽으로 다가오더니 뻐근한 몸을 쭉쭉 펴며 스트레칭을 했다.

'오이! 이 아가씨, 균형 감각이 상당한데? 게다가 저 외모! 마치 동화 속에서 튀어나온 공주님 같잖아? 내가 오디션에서도 찾을 수 없었던 완벽한 오데트 공주가 바로 여기에 있다니!'

남자는 속으로 연신 감탄하며 아나스타샤에게서 눈을 떼지 못했다. 반면 노빈손은 아나스타샤를 한심하게 쳐다보며 혀를 찼다.

"으이구, 너 지금 무슨 발레하냐?"

"오이!"

남자는 놀란 듯 눈을 동그랗게 뜨며 노빈손을 바라보았다.

"자네, 발레가 뭔지 아나? 혹시 유럽에 가 본 적이 있는 건가?"

"물론이죠. 발레가 뭔지 모르는 사람도 있나요? 유럽이라면 많이 가 봤죠. 프랑스, 독일, 영국 등등. 거기서 발레 공연을 본 적도 있고요."

"오이! 정말 대단하군! 이런 귀인들을 만나게 되다니. 자네들 어서 내 방으로 가서 얘기 좀 하세. 어서, 어서."

남자는 잔뜩 들떠서 노빈손과 아나스타샤의 등을 떠밀며 재촉했다. 영문도 모른 채 갑판을 막 내려서는데, 잔뜩 화가 난 표정의 선원들이 그들의 앞을 막아섰다.

"요 도둑놈들, 여기 있었군! 아침에 식량 창고에 가 보니, 식량이 줄어 있어서 이상하다 싶었지. 분명 누군가가 몰래 배에 탄 게 틀림없다고 생각했는데 바로 네놈들이었군."

"네? 아니 그게……."

"감히 우리 식량을 축내? 요 타타르인 같은 녀석들! 잔뜩 먹어서 통통해져 있을 테니 물고기 먹이로 던져 주마!"

선원들은 노빈손과 아나스타샤를 번쩍 들어 뱃머리로 데려갔다. 어젯밤 아나스타샤와 식량을 조금 꺼내 먹은 것이 화근이었다.

"제가 누군 줄 알고 이러세욧! 전 이 나라의 공주라고요!"

"아저씨, 전 반 년 동안 씻지 못한 땟국물의 종결자라고요. 절 지금 던지시면 강물이 오염되서 물고기가 흉측하게 변할 거라고요. 그래도 던지시겠어요? 낚시를 못하게 될 텐데요?"

초대하지도 않았는데 찾아오는 사람은 타타르인만도 못하다

러시아 속담이나 문학 곳곳에서 타타르인에 대한 부정적인 인식을 엿볼 수 있다. 타타르인이란 옛 몽골 제국의 민족을 말하는데 러시아는 무려 200년 넘게 타타르인의 지배를 받은 탓에 다른 서유럽 국가들처럼 중세 르네상스를 이루지 못하고 홀로 고립되었다. 이런 역사 때문에 러시아인과 타타르인 사이에 감정의 골이 깊은 것이다.

"흥, 놀고 있네! 살고 싶으면 뱃삯과 밥값을 내놔라! 요 녀석들아!"

선원들은 노빈손과 아나스타샤를 거꾸로 든 채 윽박질렀다.

피가 전부 머리로 쏠려 얼굴이 달아오르고, 눈알이 튀어나올 것 같자 노빈손은 창고에 숨겨 둔 은화가 생각났다.

'어쩌지? 그 돈이라도 쓸까? 하지만 그건 위험하고 수상한 돈이야. 그걸 쓸 순 없어!'

하지만 고민도 잠시, 머리카락에 닿는 차가운 강물에 사색이 된 노빈손은 우선 살고 봐야겠다 싶었다.

"아… 아저씨들."

목에서 겨우 목소리를 끌어내고 있는데,

"잠깐!"

누군가가 선원들을 멈추어 세웠다. 그는 아까까지 노빈손과 대화를 나누던 남자였다. 남자는 급히 선원들에게 달려오더니, 그들의 손에 몇 푼의 돈을 쥐어 주었다.

"꼽사리 끼어서 미안한데, 밥값 내가 대신 내리다. 내가 이 아이들을 고용하겠소! 그러니 아이들을 그만 놔 주시오!"

"뭐, 돈을 준다면야."

선원들은 순순히 둘을 내려놓고 노빈손을 향해 눈을 한번 부라린 뒤, 돈을 세며 총총히 사라졌다.

가까스로 풀려난 둘은 바닥에 털썩 주저앉아 가쁜 숨을 몰아쉬었다. 숨을 고른 뒤 그들은 자신을 구해 준 남자를 향해 고개를 숙였다.

"저희는 노빈손과 아나스타샤라고 합니다. 도와주셔서 정말 고맙습니다."

그러자 남자는 아무것도 아니라는 듯 손을 내저어 보였다. 그러고는 메고 있던 바이올린을 추어올려 보이며 둘을 향해 자신을 소개했다.

"만나서 반갑네. 나는 작곡가, 차이꼽사리스키라고 하네."

네바 강이 어디지?

네바 강은 러시아 북서부 상트페테르부르크를 흐르는 강이다. 상트페테르부르크에는 65여 개의 네바 강 지류가 흐르는데 네바 강은 백해와 발트 해를 연결하고, 모스크바와 볼가 강의 유역의 도시, 또 카스피 해와 흑해를 잇는 중요한 수상교통로 구실을 하기 때문에, 러시아인들에게는 없어서는 안 될 중요한 강이다.

차이꼽사리스키의 사정

"살려 주셔서 정말 감사합니다. 그런데 아까 저희를 고용하시겠 다고 했는데, 할 일은 뭔가요?"

배의 종착지에 내린 노빈손은 차이꼽사리스키를 향해 물었다.

"음… 그건……."

수염을 길게 기른 차이꼽사리스키는 잠시 머뭇하더니 눈을 빛내 며 대답했다.

"나의 첫 발레 공연 「백조의 저수지」를 준비하는 거라네!"

"네에? 발레요? 아하, 아까 새로운 형식의 공연을 하신다더니 그 게 발레였군요!"

노빈손은 이제야 알겠다는 듯 고개를 끄 덕거렸다. 하지만 아나스타샤는 여전히 멍한 표정이었다.

"노빈손, 발레라는 게 대체 뭐야?"

18세기 초는 러시아에 발레가 막 소개되던 때라 발레에 대해 아는 사람이 별로 없었다.

노빈손은 입고 있던 티셔츠를 바지 안으로 집어넣고는 다리를 머리 위로 들어올리려고 했다.

"끄응, 그러니까 아나스타샤. 이렇게 착

 발레는 언제, 어디서 시작되었을까?

발레는 본래 유럽의 궁정과 귀족 사회에서 향유한 사교 무용이었 다. 최초의 발레는 13세기 이탈리 아에서 생겼으며, 16세기 프랑스 왕궁으로 전해졌다. 본격적으로 대중화된 것은 17세기 루이 14세 가 왕실음악무용아카데미를 설립 하면서부터다. 러시아에는 1673년 에 발레가 소개되어 예카테리나 2 세가 1776년 볼쇼이 극장을 짓고 발레 학교를 세워 러시아 발레의 부흥기를 맞았다.

붙는 옷을 입고 요렇게 몸짓만으로 이야기를 전달하는 게 발레인데…… 으으으!"

아무리 애를 써서 설명을 하려 해도 운동 부족으로 뻣뻣하게 굳은 몸은 좀처럼 말을 듣지 않았다. 아나스타샤는 인상을 찌푸렸다.

"유연성 하고는. 혹시 이런 거 하려는 거야?"

아나스타샤는 다리를 쭉 뻗어, 머리 뒤로 넘겨 보였다. 그러고는 그 상태로 몸을 한 바퀴 휙 돌리며, 한 마리 학처럼 유연하고도 우아한 움직임을 뽐냈다.

"오이! 보인다. 저수지에서 지그프리트 왕자를 기다리는 백조 오데트의 모습이! 아아, 머릿속에 공연 장면들이 그려지는군! 역시 내 눈은 틀리지 않았어. 자네는 완벽한 오데트 공주야!"

차이꼽사리스키는 환희에 찬 표정으로 감탄해 마지않았다.

'공주'라는 말에 귀가 번쩍 뜨인 듯 아나스타샤는 함박 미소를 지어 보였다.

"호호호. 아저씨, 사람 보는 눈이 있으시네요! 공주 역에 저보다 잘 어울리는 사람은 없죠. 그럼 저는 공연에서 주인공 공주고, 노빈 손은 공주의 시종1인가 보죠?"

"무엄하다, 감히 지그프리트 왕자에게!"

노빈손은 아나스타샤를 지그시 쳐다보며 꾸짖었다.

"꼽사리 끼어서 미안한데 노빈손 군은 이 「백조의 저수지」의 기획자라네!"

차이꼽사리스키는 웃으며 노빈손을 바라보았다.

"헉? 기획자? 제가요?"

노빈손이 휘둥그레져서 쳐다보자 차이꼽사리스키는 자신의 이야 기를 시작했다.

"음, 나는 몇 년 전 이 나라의 음악을 발전시키고자 서유럽으로 클래식을 배우러 갔었네. 우연히 그곳에서 발레 공연을 본 뒤 완전 히 매료되어 나도 언젠가는 발레곡을 작곡해야겠다는 꿈을 가졌지. 그리고 마침내 「백조의 저수지」를 완성하고, 오디션을 열어 스태프 와 무용수들을 모집했다네. 하지만 러시아에는 발레 공연을 본 사 람은커녕, 발레를 아는 사람도 없었지. 게다가 오데트 공주 역에 지원한 발레리나들은 꼭 조류 독감에 걸린 오리들 같았어! 사람들은 다른 나라 발레에 우리가 꼽사리 낄 거 뭐 있냐며, 이 나라에서 발레 공연을 하는 건 헛된 꿈이라고 다들 나를 비웃기에 바빴지."

차이꼽사리스키는 그때의 악몽이 떠오르는지 머리를 내저었다. 노빈손과 아나스타샤가 안타까운 시선으로 그를 응시하자, 수심에 잠겨 있던 그는 주먹을 불끈 쥐었다.

"하지만 나는 결코 포기하지 않았네! 그리고 오늘 드디어 서유럽 유학파인 노빈손 자네와 완벽한 오데트 공주인 아나스타샤를 찾아낸 거야! 그러니 자네들, 날 도와주지 않겠나? 지금은 발레가 생소하고 러시아 문화, 예술 수준이 서유럽보다 뒤떨어져 있긴 하지만, 난 우리나라가 문화, 예술 강국이 될 거라는 자네의 말을 믿기로 했네. 우리가 멋진 발레 공연을 선보인다면, 이 나라의 음악과 예술 수준은 서유럽만큼, 아니 서유럽보다 훨씬 더 높이 올라갈 거야!"

노빈손은 서유럽 유학파라는 차이꼽사리스키의 오해에 머쓱해졌다. 그러나 조국을 사랑하는 마음과 음악을 향한 열정에 감동해 힘차게 고개를 끄덕이고 말았다.

"물론이죠! 저희가 온 힘을 다해 아저씨를 도울게요! 뱃머리에서 들은 아저씨의 곡은 무척 훌륭했으니, 정말 멋진 공연이 될 거예요! 게다가 아저씨께 입은 은혜도 크고요!"

공연이 하나 만들어지기까지

모든 공연에는 사람의 숨은 노력이 있다. 기획자가 공연할 작품, 공연 장소, 공연 시기, 홍보 방법을 정해 공연의 뼈대를 세우면, 연출가는 뼈대에 살을 붙이는 구체적인 준비에 들어간다. 연출가는 배우(또는 무용수)를 선발하고, 그들의 연기(또는 춤)를 지도하며, 전체 작품의 주제와 콘셉트를 잡는다. 무대 디자이너, 의상 디자이너가 공연의 전체적인 환경과 세부적인 디테일을 완성하면 한 공연이 무대에 올라갈 준비는 끝난 셈 노빈손이 답하자, 이미 마음은 오데트 공주가 되어 있는 아나스타샤 역시 동의했다.

"저도 좋아요! 공주라니, 생각만 해도……. 흐흐흐. 그런데 아저씨, 사람들은 발레가 뭔지도 모를 텐데, 어떻게 이 공연을 홍보하죠?"

차이꼽사리스키는 머뭇거리며 대답을 하지 못했다. 곡을 만들고 공연을 기획하는 데 바빠, 거기까지는 생각하지 못한 것이다.

'아나스타샤 말이 맞아. 러시아에 발레를 알리겠다는 아저씨의 생각은 훌륭하지만 사람들은 발레가 뭔지도 모르니 공연에 올 리가 없어. 공연을 성공적으로 이끌 방법이 없을까? 발레를 전혀 모르는 사람들도 오게 하는 방법…… 음… 아! 그래!'

한참을 궁리하던 노빈손은 무언가 떠오른 듯, 개구진 미소를 지었다.

노빈손은 차이꼽사리스키를 향해 러시아의 유명한 문인 푸시킨의 시 한 구절을 읊었다.

"삶이 그대를 속일지라도, 노여워하거나 슬퍼하지 말라! 우울한 날들을 견디면 기쁨의 날이 오고야 말리니!"

노빈손의 호기심 마케팅

차이꼽사리스키의 공연을 일주일 앞둔 날. 거리의 사람들은 호기심 가득한 얼굴로 무언가를 보고 있었다. 그것은 길바닥에 뿌려진 공연 전단지였다.

"아니, 이게 뭐야? 이 계절에 웬 백조?"

"엥? 변하지 않는 사랑? 그게 뭐지?"

20일, 저녁 7시. 변하지 않는 사랑을 찾아 네바 강에 백조들이 옵니다.

전단지에는 공연 내용은 전혀 없이 한 줄의 문구만 적혀 있었다. 정신없이 공연 전단지를 돌리던 셋은 조심히 사람들의 반응을 살폈다.

"노빈손, 정말 사람들이 이걸 보고 공연에 올까?"

차이꼽사리스키는 약간 걱정스러운 얼굴이었다.

"그럼요. 이건 사람들의 궁금증을 자아내서 공연에 오게 만드는 전략이에요. 일명 노빈손의 호기심 마케팅! 사람들은 발레가 뭔

호기심을 불러일으키는 티저 광고

요즘 가장 널리 쓰이는 홍보 방법 중 하나인 티저 광고. 소비자에게 정보를 거의 주지 않은 채 호기심을 불러일으키는 광고다. 예를 들어, 《노빈손 시리즈》의 새 책을 광고하는 경우, 신문에 '내일, 이곳에 한 번도 보지 못한 모험이 펼쳐집니다'라는 문구만을 써 놓고, 《노빈손 시리즈》에 대한 정보는 전혀 주지 않는 것이다. 그 문구를 본 사람들은 호기심을 갖고 내일도 신문에서 똑같은 페이지를 펼쳐, 다음 노빈손 광고를 확인하게 된다.

지 잘 모르니까, 발레라는 말을 들으면 공연에 오지 않을 게 뻔하죠. 하지만 무슨 공연인지 모르는 상태에서 「백조의 저수지」를 보기만 한다면 분명 감동할 거예요. 그런 뒤에는 발레의 매력에 흠뻑 취해 다른 발레 공연도 보러 오겠죠!"

노빈손은 의기양양하게 땅땅댔다. 하지만 자신만만함도 잠시, 전단지를 받은 사람들 중 몇몇이 비아냥대기 시작했다.

"에이, 이봐들. 다들 아마추어같이 왜 이러나. 이런 건 다 사기라고. 가 봤자 사랑이고 백조고 아무것도 없이, 시시한 공연만 보다가 오겠지."

"맞아! 이런 거짓 광고에 한두 번 속나! 일이나 하러 가자고!"

아나스타샤와 차이꼽사리스키의 얼굴로 당혹감이 스쳤다. 노빈손은 애써 밝은 표정을 지었다.

"괜찮아요. 이 정도 반응은 예상했어요. 노빈손의 마케팅 2탄 갑시다! 아저씨, 준비되셨죠?"

"그럼, 물론이지!"

차이꼽사리스키는 고개를 끄덕인 뒤 바이올린을 연주하기 시작했다. 그러자 전단지를 버리고 각자 갈 길을 가던 사람들이 아름다운 선율에 이끌려 멈추어 섰다. 사람들은 차이꼽사리스키의 음악에 매료된 듯 멍한 표정이 되었다. 곡이 절정으로 치달으려는 순간,

「백조의 호수」의 설화
차이콥스키의 3대 발레곡 중 하나인 「백조의 호수」 발레 대본은 러시아에서 널리 알려진 전설을 볼쇼이 극장의 베기체프가 재구성한 것이다. 설화의 내용은 이렇다. 어느 날 밤, 백조가 밤에 여인으로 변해 호수에서 목욕하는 것을 한 사냥꾼이 우연히 발견하곤 옷을 감춰 그녀와 결혼하지만 몇 년 뒤, 백조는 자신의 옷을 찾아 날아가 버린다. 우리나라의 「선녀와 나무꾼」 이야기와 놀라울 만큼 흡사하지 않은가?

노빈손은 곡을 멈추게 했다.

"우우, 뭐야!"

"장난하냐! 더 들려 달라!"

사람들의 아우성에 노빈손은 재빨리 높은 단상으로 뛰어 올라 갔다. 그러고는 미리 준비한 강력한 홍보 멘트를 날렸다.

"여러분, 20일 저녁 7시. 공연에 오시면 세상에서 가장 아름다운 음악을 들으실 수 있습니다. 그뿐이 아닙니다! 세상에서 가장 아름다운 백조! 그리고 변치 않는 사랑도 보실 수 있어요!"

"뭐? 그게 진짜야?"

사람들은 호기심 어린 표정을 지으며 너도나도 전단지를 받아 가기 시작했다. 계속해서 몰려든 사람들로 종이는 곧 동이 나 버렸다. 열광적인 반응을 본 노빈손은 주먹을 꽉 쥐며 의지를 다졌다.

'이제 남은 건 「백조의 저수지」를 성공적으로 이끄는 것뿐인가! 아저씨와 아나스타샤, 그리고 내가!'

 ## 노빈손 표 백조의 저수지

"헉, 뭐야? 벌써 꽉 찬 거야?"

"으으, 딱 한 자리만 더 들어가게 해 줘! 나도 변치 않는 사랑이라는 게 뭔지 알고 싶다고!"

노빈손의 마케팅이 적중한 것인지 공연 당일 공연장은 시작 전부터 인산인해를 이뤘다. 무대 뒤에 있던 노빈손은 긴장해서 침을 꿀꺽 삼켰다.

'이야. 사람들이 꽉 들어찼는걸! 드디어 「백조의 저수지」가 시작되는구나!'

곧 공연장에는 차이꼽사리스키의 곡이 커다랗게 울려 퍼졌다. 「백조의 저수지」 제1막. 뱃머리에서 들었던 신비로운 바이올린 소리가 오케스트라의 아름다운 선율 속에 녹아들자 관객들은 자신도 모르게 "와" 하는 탄성을 내질렀다. 관객들은 어느새 고요한 저수지를 떠올렸다.

"오오, 이 곡! 굉장한데!"

"아아, 뭔가 아름다운 그림이 그려져."

차이꼽사리스키의 곡은 듣기만 해도 절로 머릿속에 이야기가 펼쳐지는, 특유의 다이내믹함과 웅장함을 가지고 있었다. 무대 뒤에 있던 노빈손도 관객들과 똑같이 감흥에 젖어 곡을 따라가고 있었다.

'역시 아저씨의 음악은 대단해! 지금껏 본 공연 중에 이렇게 압도적인 곡은 처음이야! 어떻게 이런 음악을 듣고 감동하지 않을 수 있겠어?'

노빈손이 음악에 한창 취했을 때 관객 중 한 명이 무언가가 생각났다는 듯 큰 소리로 외쳤다.

"그런데 백조는 어디 있지? 난 백조를 보러 왔는데!"

그러자 곧 다른 관객들도 "맞아! 백조는 왜 안 나와?"라며 수군거리기 시작했다. 그 수군거림이 걷잡을 수 없이 커질 무렵, 갑자기 음악이 빨라지더니, 누군가가 무대 위에 사뿐사뿐 뛰어나왔다. 그 광경을 본 관객들은 일제히 엄청난 환호를 보냈다.

"우아아아! 백조, 아니 백조의 공주다! 진짜 백조가 나왔어!"

몸에 착 붙는 옷을 입고, 머리에는 백조의 깃털을 단 아나스타샤가 무대에 등장한 것이었다. 이윽고 다른 무용수들도 무대로 뛰어나와 「백조의 저수지」를 아름답게 꾸몄다. 특히 아나스타샤는 진짜 백조라도 된 양, 날개 끝을 파르르 떠는 세심한 움직임까지도 아주 우아하게 표현해 냈다. 발레가 뭔지도 모르던 사람들은 연신 감탄하며 몸짓만으로 표현되는 이야기에 흠뻑 취해 버렸다.

'흐아, 아름답다. 아름다워. 악마의 저주에 걸려 태양이 뜨면 백조로 변하는 아나스… 아니 오데트 공주. 저주는 변치 않는 사랑으로만 풀릴 수 있건만, 그녀의 사랑 지그프리트 왕자는 악마의 꾐에 넘어가 버리고! 뒤늦게 자신의 실수를 깨달은 왕자는 오데트 공주가 있는 저수지로 달려오지만, 그곳에서 다시 악마와 마주치는데! 과연 공주와 왕자의 운명은 어찌될 것인가? 곧 밝혀집니다! 기대하시라!'

노빈손은 혼자서 북 치고 장구 치며 넋을 잃고 한참이나 공연을 감상했다.

얼마나 시간이 흘렀을까. 「백조의 저수지」 공연은 어느새 종반을 향해 치닫고 있었다.

러시아의 전설적인 발레리나, 안나 파블로바

뛰어난 실력과 예술성을 지녔던 안나 파블로바(1881~1931)는 유럽인들에게 상트페테르부르크의 여왕이라고 칭송받을 만큼 대단한 발레리나였다. 그녀는 명성에 만족하지 않고 발레단을 조직하여 전 유럽과 미국을 돌며 순회 공연을 했다. 당시 발레는 귀족들의 사치스러운 취미였으나 안나 파블로바가 전국 공연을 돌면서 일반 대중들이 발레를 즐길 수 있게 되었다. 「지젤」, 「백조의 호수」, 「빈사의 백조」는 그녀의 대표 작품이다.

왕자가 저수지에서 다시 악마와 대면하는 장면까지 온 것이다. 이제 관객들은 초조하게 공연의 결말을 기다리고 있었다. 그때 갑자기 무대에서 쾅 하는 소리가 났다.

"헉. 뭐지?"

"왕자 역을 맡은 무용수가 넘어졌어!"

공연장 바닥을 광나게 닦은 것이 화근이었다. 악마에게 달려들던 왕자 무용수가 휘청하며 바닥에 미끄러진 것이었다. 꽤 세게 부딪힌 모양인지, 무용수는 도통 일어날 줄을 몰랐다. 관객들은 술렁이기 시작했다.

"왕자가 악마의 저주에 걸렸나 봐. 뭐지? 이렇게 비극으로 끝나는 건가?"

노빈손과 차이꼽사리스키도 당황하긴 마찬가지였다. 차이꼽사리스키의 연출대로라면 악마가 왕자를 향해 저주를 퍼붓지만, 왕자는 공주에 대한 변치 않는 사랑의 힘으로 악마를 물리쳐야 했다. 원래 해피엔딩이었던 공연이 갑자기 예상치 못한 이상한 방향으로 꼬여 버린 것이다.

차이꼽사리스키는 용단을 내렸다.

"이대로 공연을 망칠 순 없어. 노빈손 군, 여기 꼽사리 낄 사람은 자네밖에 없네."

"네에?"

"노빈손 군, 자네만 믿네."

남자 백조들이 나오는 매튜 본의 「백조의 호수」

기존의 「백조의 호수」 발레에는 지그프리트 왕자와 악마를 제외하면, 남자 무용수들이 거의 나오지 않는다. 반면 전설적인 연출가 매튜 본이 연출한 「백조의 호수」에는 백조들이 모두 남자 무용수(발레리노)다. 매튜 본 버전의 「백조의 호수」는 백조라면 당연히 여자 무용수라고 생각하던 고정관념을 뒤집어 모든 「백조의 호수」 중에서 가장 혁신적이고 독특한 작품으로 평가받고 있다.

62

곧 무대의 막이 내려가자, 관객들은 불평을 내뱉기 시작했다.

"뭐야! 이 어처구니없는 결말은!"

"우우! 이런 어이없는 공연을 봤나! 대체 뭐가 변치 않는 사랑이냐!"

공연장은 관객들의 비난으로 가득 찼다.

잠시 후, 웅성이는 소리를 뚫고 무대 위에 누군가가 나타났다. 그 등장에, 관객들은 일제히 숨을 멈췄다가 곧 엄청난 괴성을 질렀다.

"까아아아아악! 이럴 수가! 왕자가 진짜로 저주에 걸렸다! 엄청난 저주에!"

무대에는 바로, 왕자와 똑같은 의상을 입은 저주받은 왕자 노빈손이 서 있었던 것이다.

'흐익. 어제 너무 과식하는 게 아니었는데! 으읍. 배에 힘 줘야 해! 왕자답게!'

아무리 숨을 참아도 툭 튀어나온 뱃살 때문에 왕자가 입었을 때 아주 멋졌던 무용복은 쫄쫄이 내복처럼 보였다. 관객들은 빈손 왕자를 뜨악한 얼굴로 지켜봤다. 노빈손 역시 참담한 심정인 건 마찬가지였다.

'이야기를 어떻게든 마무리 지어야 해! 아저씨를 위해! 원래대로라면 왕자가 공주에게 청혼을 할 차례지?'

노빈손은 머리를 굴리며, 비련에 잠겨 저수지에 앉아 있는 아나스타샤의 옆에 다가갔다. 노빈손의 기척에 뒤를 돌아본 아나스타샤, 아니 오데트 공주는 흠칫 놀라며 어깨를 떨었다.

'흐윽! 노빈손? 네가 왜 여기에!'

'으으, 아나스타샤! 어쩌다 보니 이렇게 되었어!'

둘은 눈빛으로 대화를 나누었다. 노빈손은 아나스타샤에게 구애를 하기 위해 짧은 다리를 번쩍 들어 그 자리에서 점프를 했다. 공연 준비를 하며 본 동작을 그대로 따라한 것이다. 노빈손이 높이 뛰어 오른 바로 그 순간,

찌이이이이익—.

소리와 함께 노빈손의 발레복 가랑이가 쭉 찢어졌다.

"오 마이 갓!"

노빈손은 당황하여 얼굴을 붉혔고, 관객들은 이제 더 이상 웃음을 참을 수가 없었다.

"으하하하. 세상에! 이거 엄청난데! 도대체 이 사랑은 어떻게 되는 거야? 공주가 저렇게 변한 왕자를 받아 줄 리가 없지! 푸하하하!"

관객들은 공연장 전체를 웃음으로 가득 메웠다. 노빈손은 찢어진 가랑이를 부여잡고 어쩔 줄 모른 채 우두커니 있었다.

노빈손의 추태를 바라보고 있던 아나스타샤가 관객들과는 달리 웃음기가 싹 사라진 표정으로 다가왔다.

'혹시 공연을 망쳤다고 뺨이라도 한 대 때리려나?'

노빈손은 아나스타샤의 괄괄한 성격을 생각하며 눈을 질끈 감았다. 오데트 공주는 노빈손을 향해 천천히 손을 뻗었다. 그러고는 놀랍게도, 몰라보게 변해 버린 왕자의 얼굴을 천천히 감싸쥔 채 그를 사랑스럽게 바라보았다. 그러자 관객들의 얼굴에 놀라움이 떠올랐다.

"이럴 수가! 저런 외모와 추태에도 굴하지 않다니!"

노빈손 역시 놀라긴 마찬가지였다. 아나스타샤는 얼떨떨해 있는 노빈손을 부드럽게 끌어안았고 음악이 밝게 변하면서 무대가 서서히 어두워졌다.

「백조의 호수」의 다양한 엔딩
- 영국의 로열발레단 : 왕자와 오데트 공주가 악마에 맞서 싸우다가 함께 죽는 비극적인 엔딩
- 러시아의 볼쇼이발레단 : 왕자와 공주의 사랑의 힘으로 악마를 물리치는 해피엔딩
- 미국의 아메리칸 시어터 : 왕자와 공주가 호수에 빠져 죽지만, 훗날 영원한 사랑의 상징으로 부활하는 엔딩

차이꼽사리스키의 장대한 마무리 연주에 무용수들이 다시 등장하기 시작했을 때 아나스타샤, 즉 오데트 공주는 더 이상 백조의 의상을 입고 있지 않았다. 그리고 정신을 차린 왕자 역의 무용수가 그 옆에 서 있었다.

그제야 관객들은 무언가를 깨달았다는 듯 "아!" 하는 탄식을 내뱉었다.

"그래, 이게 바로 변하지 않는 사랑이구나! 오데트 공주는 왕자의 얼굴이나 다리 길이가 아닌, 인간 그 자체를 사랑한 거야! 영원한 사랑으로 둘의 저주가 풀렸구나!"

공연에 감동한 사람들은 기립박수를 치기 시작했다. 차이꼽사리스키의 표정에도 감출 수 없는 기쁨이 떠올랐다. 겨우 옷을 갈아입은 노빈손도 겨우 마음을 놓았다.

"후유. 무사히 끝나서 다행이다."

"뭐라고? 푸훗. 난 정말 너 때문에 웃음 참느라 힘들었다고! 오랫동안 갈고닦은 내 특급 연기력이 없었다면 어쩔 뻔했어!"

무대 아래로 내려오며 아나스타샤는 노빈손의 등을 찰싹 때렸다. 어느새 둘의 곁으로 다가온 차이꼽사리스키가 감사의 인사를 전했다.

"내 첫 발레 공연이 흥행에 성공하다니!

실제로 「백조의 호수」는 흥행에 성공했을까?

차이콥스키 「백조의 호수」의 첫 무대는 1877년 2월 20일 벤젤 라인징거의 안무로 볼쇼이 극장에서 열렸다. 하지만 《노빈손 시리즈》에 나오는 「백조의 저수지」와는 달리 역사에 길이 남을 대작의 첫 공연은 대실패였다. 당시 차이콥스키의 「백조의 호수」는 춤추는 음악보다는 엄숙한 곡으로 받아들여졌고 거기에다 형편없는 안무와 무대 배경, 오케스트라의 조잡한 연주가 더해졌던 것. 차이콥스키는 「백조의 호수」 공연 이후에, 다시는 발레곡을 작곡하지 않겠다고 결심했을 정도였다고.

노빈손, 아나스타샤! 정말 고맙네! 이제 사람들은 너도나도 발레를 보러 올 걸세!"

"뭘요, 이게 다 아저씨의 곡이 좋았기 때문인걸요!"

차이꼽사리스키의 칭찬에 둘은 손사래를 쳤다. 곧 셋은 손을 마주 잡고 여전히 기립박수를 보내고 있는 관객들을 향해 몇 번이고 무대인사를 했다. 차이꼽사리스키 연출, 노빈손 기획, 아나스타샤 주연의 「백조의 저수지」는 그야말로 대성공이었다.

러시아의 발레 속으로

도브 베치르

도브 베치르!(러시아 저녁 인사) 친구들, 만나서 반가워. 이렇게 늦은 시간에 왜 친구들을 불러 냈냐고? 후후. 하늘을 봐. 아직 해가 지지 않았지? 지금은 백야(白夜) 기간이거든! 밤에도 해가 지지 않는 백야는 지역에 따라 기간이 조금씩 다른데 상트페테르부르크는 5월 25일경에 시작되어 6월 22일경에 최고조에 달해서 7월 17일쯤에 끝나. 러시아 사람들은 해가 지지 않는 밤 동안 세계 최고의 발레를 보면서 백야의 밤을 보낸다구!

하얀 밤, 어떤 발레를 볼까?

발레는 원래 프랑스에서 시작되었지만 1673년 러시아에 전해지면서 크게 발전했지. 이제는 러시아 하면 발레!라고 말할 정도로 유명한 러시아 예술이 되었어. 러시아에서는 매년 엄청난 양의 작품이 공연되는데, 어떤 작품을 보면 좋을까? 먼저 차이콥스키의 3대 발레를 소개하지. 친구들이 보기엔 어떤 작품이 제일 좋니?

- 크리스마스 시즌이나, 또는 축제의 신나는 분위기를 즐기고 싶다.
- 어린 무용수들의 연기를 보고 싶다.

↓

호두까기 인형

- 아름답고 신비한 사랑 이야기를 보고 싶다.
- 발레리나의 암도적인 연기를 즐기고 싶다.

↓

백조의 호수

- 영화 「슈렉」처럼 동화 속 여러 캐릭터들이 나오는 이야기를 좋아한다.
- 화려한 왈츠와 발레다 모두를 보고 싶다.

↓

잠자는 숲속의 미녀

백조의 호수

차이콥스키의 첫 번째 발레 작품이야. 오데트 공주와 지그프리트 왕자의 사랑 이야기를 다룬 「백조의 호수」. 차이콥스키의 초연은 비극이었어. 이 작품은 왕자가 악마와 싸우다가 목숨을 잃는 비극적인 엔딩이나 왕자와 공주가 함께 호수에 빠진 후, 나중에 영원한 사랑의 상징으로 부활하는 엔딩을 비롯해 다양한 결말이 존재해.

잠자는 숲 속의 미녀

빨랑 키스 안 해?

미녀 님, 그냥 계속 주무시면 안 될까요?

차이콥스키가 만든 두 번째 발레 작품은 바로 「잠자는 숲 속의 미녀」야. 어디서 많이 들어 본 제목이라고? 맞아. 이 작품은 잘 알려진 페로의 동화 「잠자는 숲 속의 공주」를 바탕으로 만들었어. 동화 내용과 다른 점이 있다면 이 발레 공연에는 「잠자는 숲 속의 공주」의 등장인물뿐 아니라, 페로의 다른 동화 속 인물들이 조연으로 등장한다는 거야.

돌발 퀴즈

다음 중 발레 「잠자는 숲 속의 미녀」에 나오지 않는 인물(동물)은?

(1) 장화를 신은 고양이
(2) 백설공주와 일곱 난쟁이
(3) 빨간 두건과 늑대
(4) 신데렐라

답: 바로 2번! 백설공주와 일곱 난쟁이는 페로가 쓴 동화가 아니란다. 하지만 나머지 보기의 인물들은 모두 「잠자는 숲 속의 미녀」에 등장하지.

호두까기 인형

차이콥스키의 세 번째 발레 작품인 「호두까기 인형」은 크리스마스 선물로 호두까기 인형을 받은 클라라라는 소녀의 이야기야. 클라라는 생쥐 왕의 습격으로 위기에 처한 호두까기 인형을 구해 준 후, 과자 나라로 초대를 받는데, 여러 과자를 상징하는 요정들이 나와 아름다운 춤을 춘단다.

「호두까기 인형」은 매년 크리스마스마다 전 세계에서 공연되어, 과자의 나라로의 여행을 꿈꾸는 아이들의 사랑을 독차지하고 있어.

발레를 배우기 위해서 가장 먼저 거쳐야 할 필수 코스는 바로, 발의 위치인 5가지 '포지션'을 익히는 일이야.

빈손이처럼 무용복 찢어 먹지 말고 다들 조심히 잘 따라오도록 해!

① ② ③ ④ ⑤

사람 살려! 스텝이 꼬였어!

스텝만 꼬인게 아닌데!

① 첫 번째 포지션은 두 발을 발뒤축 부분에서 밀착시키고 일직선상에 놓는 자세를 말해.

무릎은 최대한 바깥쪽으로, 발끝의 각도는 180도를 유지해.

② 두 번째 포지션은 첫 번째 포지션에서 발뒤축 부분을 조금 뗀 자세를 말하지.

양발 사이의 간격은 어깨 넓이만큼 벌리면 돼. 그리고 두 발은 일직선이 되어야 해.

③ 세 번째 포지션은 두 발의 발뒤축부터 발바닥까지 서로 엇갈리게 평행으로 밀착시킨 자세를 말해.
앞 발꿈치가 뒷발을 반쯤 가리는 것이 중요 포인트!

④ 네 번째 포지션은 세 번째 포지션의 양발을 앞뒤로 주먹만큼 뗀 자세를 말해.
모든 자세들 중 가장 골반이 틀어지기 쉬운 자세이니 주의하렴.

⑤ 다섯 번째 포지션은 세 번째 포지션과 같은 모양으로 오른발과 왼발의 위치를 바꾼 거야.

헉헉. 이게 발레의 기본적인 5가지 포지션인데, 잘 따라왔니? 벌써 발이 뻐근하고 아프다고? 하지만 이런 과정을 통해서만이 진정한 발레리나, 발레리노로 거듭나는 법! 매일 거울을 보면서 연습한다면 언젠가는 차이콥스키의 3대 발레 무대에 설 수 있지 않을까?

 위기의 독수리

차이꼽사리스키의 공연을 성공적으로 마친 둘은 경쾌한 발걸음으로 거리를 활보했다. 유쾌한 기색의 아나스타샤와 달리, 노빈손의 마음은 조금 무거웠다. 정신없이 공연 준비를 하면서도 의문의 쪽지가 늘 마음에 있었던 것이다. 노빈손은 거리 한구석에 자리를 잡고 앉아 조심히 입을 뗐다.

"아나스타샤, 사실 나 할 말이 있어."

노빈손은 아나스타샤에게 러시아에 온 첫날, 주점에서 있었던 일을 들려주었다. 그런 뒤, 품속에서 쪽지를 꺼내 아나스타샤에게 내밀었다. 아나스타샤는 쪽지를 빤히 들여다본 후 고개를 갸웃하며 입을 열었다.

"그러니까… 우리를 쫓아온 그 남자가 말한 '지령'이라는 게 이 쪽지를 말하는 것 같고, 해가 뜨지도 지지도 않는 강이 바로 여기인 것 같다고? 흐음, 거 참 이상하네."

"그렇지? 그래서 그동안 내가 좀 생각을 해 봤어."

노빈손은 다시 한 번 지령을 조용히 눈으로 훑었다. 주위를 살핀 후 길게 심호흡을 한 뒤 아나스타샤의 귀에 속삭였다.

"아나스타샤, 아무래도 이 지령은 스웨덴의 칼 12세가 내린 것 같아."

"뭐?"

아나스타샤는 놀란 얼굴로 노빈손을 바라보았다.

"이 지령을 건네준 사람은 나에게 '만약 실패한다면 무적의 왕 이름으로 응징할 것이다' 라는 수수께끼 같은 말을 남겼어. 또 자기들은 모스크바로 진격할 거라고도 했지. 아무리 생각해 봐도, 무적의 왕이란 예전에 네가 말했던 전략의 천재라는 스웨덴의 칼 12세를 말하는 것 같아. 지금 그로드노에 있는 칼 12세의 최종 목표는 당연히 이 나라의 수도인 모스크바일 테니까, 그렇게 생각하면 아귀가 딱딱 맞잖아?"

"하지만 네 말이 맞다고 해도, 칼 12세가 왜? 대체 무슨 목적으로 이 지령을 내린 거지?"

"나도 거기까지는 잘 모르겠어. 그건 이 지령의 내용을 해독해야만 알 수 있겠지."

둘은 다시 쪽지를 바라보았다. 아무리 들여다보고 있어도, 내용을 짐작조차 하기 어려웠다. 한참이나 쪽지를 들여다보던 아나스타샤가 뜬금없는 질문을 했다.

"노빈손, 우리가 처음 배에서 내렸을 때 말이야. 그때 강 멀리에 작은 섬 같은 게 하나 있었던 거 기억 나?"

그러고 보니 섬을 본 것도 같았다. 노빈손이 고개를 끄덕이자, 아나스타샤가 다시 말을 이었다.

"언뜻 본 거긴 하지만, 그 섬에 커다란 깃

칼 12세는 왜 무적의 왕일까?
칼 12세는 북방전쟁에서 덴마크, 폴란드, 러시아를 상대로 벌인 전투에서 연신 큰 승리를 거두며 주변국에게 두려움의 대상으로 떠올랐다. 그중에서 가장 유명한 전투는 '나르바 전투'로 이 전투에서 칼 12세는 8천 명의 병력으로 4만여 명의 러시아군을 무찔러 어떤 상황에도 '무적'임을 증명했다.

발이 걸려 있었는데, 깃발에 두 마리의 독수리가 있었어. 어쩌면 그게 이 지령과 관련된 걸지도 몰라."

노빈손은 자리에서 벌떡 일어났다. 두 마리의 독수리가 그려진 깃발이라……. 몸속에 흐르고 있는 모험 유전자가 꿈틀대는 것이 느껴졌다.

"당장 거길 가 보자! 네 말대로 뭔가 알 수 있을지도 몰라."

둘은 포구를 향해 전속력으로 뛰기 시작했다.

"저건가?"

둘은 지대가 높은 곳에 서서 멀찍이 보이는 한 섬을 응시했다. 바람이 심하게 부는 탓에 섬에 걸려 있는 깃발은 제대로 보이지 않았

다. 노빈손은 주변을 천천히 관찰한 뒤, 아나스타샤에게 말했다.

"저건 섬이 아니라 요새인 것 같아. 아마 저건 이 해안을 지키려고 세운 요새 같은데?"

"맞네. 관찰력이 좋은 청년이군. 저건 나르바 요새라네. 표트르 차르가 정복한 땅에 세운 거지."

지나가던 행인이 한 마디 거들었다.

나르바 요새? 둘은 다시 요새를 바라보았다. 마침 맞바람이 멈추면서 흔들리던 깃발이 한 방향으로 고정되었다. 노빈손과 아나스타샤가 바라본 깃발에는 당당하고 화려한 두 마리의 독수리가 박혀 있었다. 노빈손은 급히 행인에게 물었다.

"그러면 저 요새에 걸려 있는 독수리 깃발은 무슨 의미인가요?"

행인은 그런 것도 모르냐는 듯 노빈손과 아나스타샤를 위아래로 훑어보더니 대답했다.

"관광객인가? 그렇다면 잘 알아 두게. 저건 쌍두독수리일세. 러시아 차르의 상징이지."

"네에?"

두 마리의 독수리가 이 나라의 차르를 상징한다고? 둘은 멍한 표정으로 서로를 바라보다가 다시 쪽지를 꺼내 천천히 읽어 보았다.

> 해가 뜨지도 지지도 않는 강의 열쇠에서 두 마리의
> 독수리를 떨어뜨려라.

노빈손은 빠르게 머리를 굴렸다. '해가 뜨지도 지지도 않는 강'이 네바 강을 뜻하고, '두 마리의 독수리'가 표트르 차르를 뜻한다면! 거기까지 생각이 미친 노빈손은 고개를 돌려 아나스타샤를 바라보았다. 마주친 둘의 눈동자가 불길한 빛을 띠고 흔들렸다.

"노빈손… 이건!"

"그래… 아나스타샤, 이건……."

"번지점프를 시키라는 거야! 폐하가 고소공포증이 있나 봐."

"어이구!"

노빈손은 아나스타샤의 머리를 쥐어박았다.

"이건 암살 지령이라구!"

네바 강의 '열쇠'라 지칭되는 어딘가에서 두 마리의 독수리, 즉 이 나라의 차르를 암살하라고 지시한 것이다. 둘은 분노와 충격으로 움직일 수 없었다.

'저기 있었군……!'

그 시간, 배를 타고 쫓아온 007이 그들을 바라보고 있었다. 「백조의 저수지」의 성공으로 노빈손과 아나스타샤가 유명해지는 바람에 007은 금세 그들을 찾아낼 수 있었던 것이다.

'노빈손, 이번에야말로 지옥의 콩자반을 맛보게 해 주마!'

주변에 아무도 없으니, 민둥머리 녀석을 소리 소문도 없이 처치할 수 있는 절호의 기회였다.

그는 빠르게 검을 빼어 들고 앞을 향해 걸었다. 하지만,

"흐… 흐이취! 에취!"

힘찬 재채기와 함께 한 걸음을 딛지 못하고 다시 비틀거리며 뒤로 물러났다. 설상가상으로 머리는 물 항아리를 짊어진 듯 무거웠다.

"아, 러시아 감기는 정말 지독하군. 저 녀석 때문에 바다에 빠지는 바람에……. 아, 난 정말 물이라면 질색이야! 흐이취!"

007은 콧물을 닦아 내며 분한 표정을 지었다. 원수 같은 녀석이 바로 코앞에 있는데 아무것도 할 수 없다니!

초조한 마음으로 응시하고 있는데, 한 무리의 러시아 군병이 지나가는 것이 보였다. 군병들은 심각한 표정으로 무언가를 찾고 있었다. 무슨 큰일이 벌어진 듯했다.

'무슨 일일까?'

쌍두독수리 문장

15세기경 이반 3세 때부터 사용된 러시아 황제의 문장이다. 이 쌍두독수리의 가슴에는 모스크바 귀족의 상징인 말 탄 성자 게오르기가 창으로 뱀을 찌르고 있는 모습이 새겨져 있고, 독수리의 오른쪽 발은 황제의 위엄을 상징하는 지팡이를, 왼쪽 발은 십자가가 달린 황금구를 들고 있다.

몰래 그들을 따라가 대화를 엿들은 007은 이내 회심을 미소를 지었다.

'그래, 그렇게 하면 되겠군. 이제 너희들은 끝이다! 후후후.'

빼앗긴 지령

표트르 대제는 문화, 예술, 정치, 군사 모든 방면에서 러시아를 새롭게 바꿔 부강한 러시아를 만든 인물이었다. 그런 차르가 암살을 당한다면 러시아의 미래는 어떻게 될 것인가?

"이제 뭘 어쩌지, 노빈손?"

"그러게, 뭔가 해결 방법을 찾아야 할 텐데."

노빈손은 턱을 쓰다듬었다.

'역사가 다르게 흘러가겠는걸.'

"만약 표트르 차르가 암살된다면, 이 나라의 운명은 끝이야. 우린 칼 12세에게 정복될 거고, 전쟁에 나간 아빠는 영영 돌아오지 못하겠지."

아나스타샤의 두 눈에는 슬픔이 가득했다.

노빈손은 아나스타샤를 토닥였다. 그리고 손에 들고 있던 쪽지를 한 번 더 바라보았다. 이 수수께끼 같은 지령에서 두 가지의 의미는 알게 되었다. 남은 것은 단 한 가지, 해가 뜨지도 지지도 않는 강의 '열쇠'. '열쇠'라는 말의 의미를 해독하는 것이었다. 노빈손은 골몰

하더니 아나스타샤를 향해 단호하게 말했다.

"우리가 표트르 차르를 구하자!"

"뭐? 차르를 구한다고? 어떻게? 전쟁 중인 이때에 차르가 어디 계신지 우리가 어떻게 알 수 있겠어."

"그건 걱정하지 마. 우리에겐 이 지령이 있잖아. 지금 차르는 '해가 뜨지도 지지도 않는 강의 열쇠'에 계셔. 우리가 이 '열쇠'라는 말만 해독한다면, 차르를 찾아가 구할 수 있어!"

흔들리던 아나스타샤의 눈빛과 확신에 찬 노빈손의 눈이 마주쳤다.

"좋아. 나도 이 나라와 차르, 그리고 아빠를 위해 끝까지 함께 할게!"

둘은 결의를 다진 후 지령의 의미를 고민했다. 해가 뜨지도 지지도 않는 강의 '열쇠'란 대체 뭘까?

그때, 누군가가 둘을 불러 세웠다.

"이봐, 자네들! 잠깐 검문이 있겠네!"

러시아 군병들은 다짜고짜 노빈손과 아나스타샤를 붙잡고는 몸을 수색했다.

"왜 이러세요?"

놀란 노빈손이 항의하자 한 군병이 눈을 부라렸다.

"왜 그러냐고? 어젯밤에 차르께서 지으시

처음 '차르'는 나라고!
모스크바대공국의 이반 4세가 처음으로 '차르'라는 호칭을 썼다. 그는 러시아의 경제를 발전시키고 러시아 최초의 법전을 편찬하는 등 많은 업적을 세웠지만 그의 성격은 무척이나 포악하고 잔인했다. 3살 어린 나이에 왕위에 올라, 귀족들의 음모와 횡포 속에서 불안한 어린 시절을 보낸 탓에 사람을 믿지 못해 끔찍한 공포 정치를 펼쳤다. 그래서 '이반 뇌제(벼락 황제)'라고도 불렸다. 말년에는 급기야 며느리를 유산하게 하고 아들을 때려 죽이기까지 했다.

는 신도시 공사 현장에서 인부 두 명이 도망을 쳤다! 돈까지 훔쳐서 말이야. 우린 지금 그 인부들을 찾고 있어! 그리고 여기서 도망친 인부들을 봤다는 제보가 있었다. 그러니 얌전히 협조하도록!"

"네에? 저흰 도둑이 아니에요!"

말이 끝나기 무섭게, 한 군병이 노빈손의 품에서 은화 자루와 쪽지를 찾아냈다.

"이건 누구의 돈이지?"

"어… 그건 제 돈이라고 할 수는 없지만 어쨌든 훔친 건 아니에요!"

노빈손은 상황이 불리하다는 걸 느꼈다. 자초지종을 설명하려 했지만 군병의 눈에는 강한 의심이 깃들어 있었다. 그들은 노빈손의 말을 듣지도 않은 채 추궁하기 시작했다.

"자네, 신분증명서는 있나? 고향은 어디지? 직업은? 여긴 어떻게 왔나?"

"그게… 전 대한민국에서 온 대학생이자 모험가예요. 러시아 여행 중에 바다에 빠졌는데, 정신을 차려 보니 여기지 뭐예요. 하하하."

노빈손의 대답에 군병들은 러시아가 열대성 기후라는 소리를 들었다는 듯 황당한 표정을 지었다.

"그런 말도 안 되는 변명을! 너희들은 도

군인 복장의 러시아의 경찰들
러시아에 가면 유난히 군인 복장을 한 경찰들을 많이 볼 수 있다. 관광객들은 그들이 군인인지 경찰인지 늘 헷갈려 한다. OMON은 군인 복장을 한 채 길거리 치안을 담당하는 특수 경찰인데 특수 경찰이 다가와 무언가를 물어보거나, 신분증 제시를 요구한다면 바로 응할 것 안 그러면 노빈손처럼 어디론가 끌려갈지도 모른다.

망친 인부가 틀림없다! 특히 넌 얼굴만 봐도 '수상한 놈'이라고 쓰여 있어! 이번엔 조금 더 힘든 현장으로 보내 주지! 그리고 이 은화는 압수다!"

군병들은 노빈손과 아나스탸샤를 포박했다.

"네? 안 돼요! 저흰 지금부터 이 나라의 차르를 구하러 가야 한단 말이에요!"

"애 얼굴이 영 믿음이 안 가게 생겼다는 건 저도 알지만요. 그래도 전부 사실이에요! 믿어 주세요!"

노빈손과 아나스탸사는 어디론가 끌려가는 내내 애걸복걸 사정을 했다. 누군가가 그들을 보며 미소를 짓고 있다는 것도 모른 채.

'해가 뜨지도 않고 지지도 않는 강의 열쇠라고? 그런 곳은 한 곳밖에 없지!'

쪽지를 빼돌린 007은 지령을 읽으며 눈을 빛냈다.

'이제 목적지는 정해졌다! 노빈손인가 뭔가 하는 놈 때문에 시간이 너무 지체됐어. 서둘러야겠군!'

생각을 정리한 그는 급히 어디론가로 향하기 시작했다. 이제 이나라의 독수리를 땅으로 떨어뜨릴 시간이었다.

러시아 역사 한눈에 살펴보기

러시아의 시초는 882년 류리크가 키예프(현재 우크라이나의 수도)에 세운 '키예프공국'이야. 후에 블라디미르라는 훌륭한 대공이 나타나, 그리스정교를 도입하고 동슬라브 민족을 통합하여 독특한 문화를 꽃 피우며 전성기를 맞게 돼.

13세기 징기스칸의 침략으로 키예프공국은 긴 암흑기를 맞게 돼. 타타르족(몽골족)의 지배는 무려 240년간이나 이어진단다. 그렇지만 볕 들 날은 있는 법! 14세기에 들어서자 몽골 세력은 약해졌고 이때를 틈

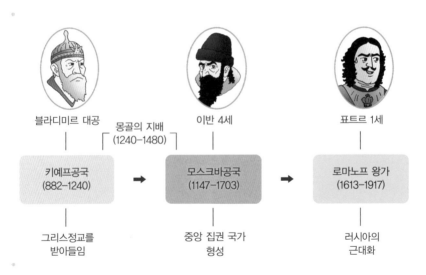

블라디미르 대공

몽골의 지배
(1240-1480)

이반 4세

표트르 1세

| 키예프공국
(882-1240) | → | 모스크바공국
(1147-1703) | → | 로마노프 왕가
(1613-1917) |

그리스정교를
받아들임

중앙 집권 국가
형성

러시아의
근대화

타 힘을 키운 도시가 있었으니, 오늘날 러시아의 수도인 모스크바야.

모스크바의 대공이었던 세 사람의 이반(이반 1, 2, 3세)은 모스크바가 깊은 산 속에 있다는 지리적 이점과, 무역으로 쌓은 부를 이용해 모스크바를 러시아의 맹주로 키우고 타타르의 지배에서 벗어나게 되지.

때로는 장점이 단점이 되기도 하는 걸까? 모스크바의 지리적 폐쇄성은 안

언제까지 타타르의 지배 하에 있을거냐고!

모스크바여, 깨어나랏!

헛! 이반대제!

나 저양반 인상 넘 무서워~♡

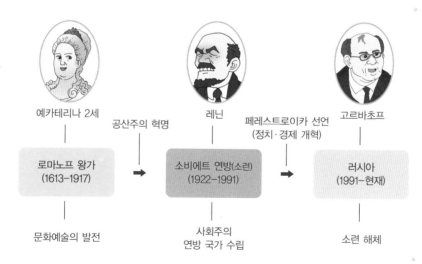

예카테리나 2세

공산주의 혁명

레닌

페레스트로이카 선언
(정치·경제 개혁)

고르바초프

로마노프 왕가
(1613–1917)
➡
소비에트 연방(소련)
(1922–1991)
➡
러시아
(1991–현재)

문화예술의 발전

사회주의
연방 국가 수립

소련 해체

전을 보장하는 대신, 러시아를 다른 서유럽 국가들과 단절시켜 서구 문물의 수용을 늦추게 돼. 18세기 러시아를 유럽의 중심으로 세운 인물이 있었으니, 그가 바로 표트르 대제야. 표트르 대제는 유럽 문물을 받아들이고 북방전쟁을 이끌어 러시아 근대화의 초석을 닦지.

그렇다면 '북방전쟁'은 왜 일어나게 된 것일까?

세기의 라이벌전
칼 12세 vs 표트르 대제의 북방전쟁

17세기 말에서 18세기 초 북유럽의 최강대국이었던 스웨덴은 서유럽과 통하는 바다인 발트 해 연안을 지배했어. 그뿐만 아니라, 옛날부터 러시아의 소유였던 핀란드 만의 동쪽 영토까지 손에 넣은 상태였지. 의기양양해진 스웨덴은 발트 해 연안을 '스웨덴 호수'라고 개명하고 주변 국가들까지 정복하려는 야심을 품었어. 스웨덴의 주변 국가들은 스스로를 지키려고 동맹을 맺어 스웨덴에 맞서기로 결심해.

러시아
폴란드
덴마크
삭소니아

VS

스웨덴

하지만 1700년, 스웨덴과 동맹국 사이에서 일어났던 첫 전투는 동

〈18세기 초〉

맹국의 대패로 끝났어. 왜냐고? 스웨덴에는 18살의 어린 천재 전략가 '칼 12세' 가 있었거든. 칼 12세는 영국과 네덜란드의 도움을 받아, 단기간에 덴마크를 격파하고, 삭소니아(독일 동부, 지금의 작센 지방)를 압박한 후 발트 해 연안에 군대를 상륙시켜 러시아 군대를 상대했지. 그러나 러시아 군대는 스웨덴의 잘 훈련된 군사들에게 제대로 맞서질 못했어. 결국 승리를 쟁취해 낸 칼 12세는 유유히 폴란드를 정복하기 위해 길을 떠났지.

칼 12세가 폴란드와 삭소니아를 꺾는 데는 꼬박 7년의 시간이라는 시간이 걸렸어. 그때는 이미 동맹은 와해된 상태였고, 칼 12세의 최종 목적지는 러시아밖에 남지 않았지.

1708년, 칼 12세는 그로드노를 점령하고, 러시아에 대대적인 선전 포고를 하지. 7년의 시간 동안 표트르 대제도 놀고만 있지는 않았어. 그는 대대적으로 러시아 군대를 개혁하고, 함대를 건설하고 요새를 정비하면서 칼 12세를 향한 복수의 칼날을 갈고 있었지.

러시아
개혁가 **표트르 대제**
군대 개혁
함대 건설

VS

스웨덴
명장 칼 12세
최강의 해군

이게 북방전쟁의 배경이야. 이 전쟁은 북유럽의 진정한 패자를 가리는 싸움인 동시에, 걸출한 두 명의 황제들의 대결이기도 했지. 우리의 노빈손은 이 북방전쟁이 한창이던 18세기 러시아 한복판에 떨어진 거야. 그러니 앞으로 행보가 쉽지만은 않겠지? 하지만 분명 흥미진진한 모험이 노빈손을 기다리고 있을 테니, 함께 따라가 보자!

베드로의 조각상

"아이고, 죽겠다."

비 오듯 땀을 흘리며 커다란 돌을 나르던 노빈손은 자리에 털썩 주저앉았다. 007의 계략에 휘말린 노빈손은 벌써 일주일째 공사 현장에서 신도시에 세워질 커다란 조각상을 만들고 있었다.

'아아, 지금 차르가 위험에 처해 있는데, 여기서 이러고 있다니!'

노빈손은 한숨을 푹 내쉬었다.

"오우, 빈손, 돌 나르다 말고 이렇게 빈둥대면 어떻게 해. 자기는 지금 세계에서 가장 엘레강스하고 세련되면서도, 어딘가 클래식하고 스펙터클한 분위기까지 풍기는 물위의 도시에 들어갈 석상을 세우는 중이라고! 남들은 전부 불가능하다고 말하는 러시아식 베니스지만 표트르 대제에겐 늘 낫띵 임파서블! 그분에게 불가능은 없어! 그러니 우리는 놀 시간이 없다고! 유 언더스탠드 미?"

꼬부라진 억양의 주인공은 건축가 도메니코 트레치니였다. 표트르가 이탈리아에서 특별히 초빙해 왔다는 그는 공사장 곳곳을 왔다 갔다 하며 모든 상황을 지휘하고 있었다.

노빈손은 "네, 네" 하며 한숨 섞인 대답을 하고 자리에서 일어났다. 자신의 몸보다 몇

도메니코 트레치니
18세기 이탈리아의 건축가로 러시아 이름은 안드레이 페트로비치다. 유능한 바로크 건축가였던 그는 덴마크 코펜하겐에서 일하다가 표트르에게 스카웃된 후 표트르의 이상을 담은 도시 '상트페테르부르크'의 주요 건물들을 세웠다. 대표적인 건축물로 상트페테르부르크 대학, 페트로파블로프스크 요새와 성베드로 대성당, 여름 궁전 등이 있다.

배나 큰 돌을 나르라는 건 인간적으로 너무한 처사였다. 하지만 이것보다 더 너무한 것은,

"흑흑, 저는 실은 로마노프 황실의 넷째 공주예요. 하지만 사악한 마법사 라스푸틴의 저주를 받아 기억을 잃고 궁에서 버려졌답니다. 라스푸틴은 제가 이 나라에 불행을 가져올 거라면서, 지금도 부하들을 보내 저를 없애려고 해요. 그래서 라스푸틴의 수하들을 피해 이곳까지 도망친 거랍니다. 흑흑흑."

"아니 이렇게 불쌍할 수가! 공주님이 일하시면 안 되죠! 어서 저쪽에서 쉬세요!"

할리우드급 연기로 감독관을 깜쪽같이 속이고, 나무 아래 편하게 앉아 노빈손에게 혀를 내미는 아나스타샤였다.

약이 잔뜩 오른 노빈손은 자신이 만들고 있는 조각상을 바라보았다. 그 조각상은 러시아정교 성자이자, 예수님의 열두 제자 중 한 명인 베드로였다.

노빈손은 조각상을 보며 간절하게 기도했다.

'베드로 님, 지금 이 나라의 차르께서 위험에 처해 계시니, 저희가 이곳을 빠져나가 차르를 찾아갈 수 있도록 지혜를 주세요. 그리고 아나스타샤한테 벼락 한 번만 쳐 주시고요. 네?'

베드로는 노빈손을 보며 인자하게 웃을 뿐이었다.

러시아정교가
로마 가톨릭과 다른 점
1) 의자 없이 서서 미사를 드린다.
2) 성호를 그리는 방식이 반대여서 오른쪽에서 왼쪽으로 그린다.
3) 성가대가 찬송가를 부를 때 어떤 악기도 사용할 수 없으며 맨목소리로 부른다.
4) 십자가의 모양이 다르다. ☦

노빈손은 무엇으로 사는가?

"후우, 춥다. 날씨가 점점 추워지는걸."

늦은 밤, 일을 끝마친 노빈손은 옷깃을 여미며 퇴근을 서둘렀다. 아나스타샤는 의리도 없이 마무리 작업을 하는 노빈손을 두고 먼저 가 버렸다. 어둠이 깔린 거리는 춥고 스산했다.

"늘 걷던 길인데 오늘은 좀 새롭게 느껴지네. 말숙이는 어디서 뭘 하고 있을까?"

이런저런 생각을 하며 노빈손은 발걸음을 재촉했다.

'어? 저런 건물도 있었나?'

양파 모양의 지붕을 얹은 아름다운 성당이 노빈손의 시선을 붙잡았다.

'러시아는 다른 유럽 국가들이 가톨릭을 믿는 것과 달리 비잔틴에서 비롯된 정교를 믿지? 그래서 그런지 지붕이 첨탑이 아닌 동양적인 동그란 양파 모양이구나. 독특하고 예쁜걸!'

무심코 문 쪽으로 눈길을 돌린 노빈손은 순간, 얼굴이 퍼렇게 질리며 온몸이 굳고 말았다.

성당 계단에 정체를 알 수 없는 흰 물체가

 러시아가 정교를 선택한 이유는?

러시아가 비잔틴 제국에서 '정교'를 받아들인 것은 988년. 키예프 공국의 블라디미르 1세는 여러 종교를 검토한 후 이슬람, 가톨릭, 정교 사이에서 고민하다가 결국 '정교'를 택한다. 그 이유는 정교의 화려한 예배 의식과 술을 금하지 않는 교리 때문이었다고. 애주가였던 블라디미르 대공은 술을 금하는 이슬람교를 받아들일 수 없었다. 만약 블라디미르 대공이 금주가였다면 러시아의 국교는 이슬람교가 되었을지도 모른다.

앉아 있었던 것이다.

"히익! 유… 유령이다!"

노빈손은 공포로 팔다리가 부들부들 떨렸다.

"유령아, 물러가라! 휘이!"

아무리 외쳐도 유령은 꼼짝하지 않았다.

'혹시 술 취한 사람인가?'

의아함을 느낀 노빈손은 잘 떨어지지 않는 발걸음을 옮겨 계단 쪽으로 다가갔다. 이윽고 하얀 물체의 코앞까지 다가갔을 때, 노빈손은 경악을 금할 수가 없었다.

"아니, 이런 세상에!"

그곳에는 유령이 아니라, 벌거벗은 채 잔뜩 몸을 웅크리고 있는 백발의 노인이 있었다. 노빈손은 급히 노인의 어깨를 흔들었다.

"할아버지! 할아버지! 도대체 여기서 뭐하세요?"

노인은 주름이 잔뜩 잡힌 얼굴을 들어 노빈손을 바라보더니 고뇌가 담긴 목소리로 말했다.

"사람은 무엇으로 사는가를 고민하고 있다네."

"네?"

이게 웬 아닌 밤중에 홍두깨 같은 소리람. 사람은 무엇으로 사냐니.

"사람은 의식주로 살죠. 먹고 자고 입고

사람은 무엇으로 사는가? 천사의 답

톨스토이의 소설 「사람은 무엇으로 사는가」는 지상으로 떨어진 천사 미하일이 하나님의 세 가지 질문에 대한 답을 찾아가는 과정을 그린 소설이다. 하나님의 세 가지 질문은 '사람의 마음속에는 무엇이 있는가?' '사람에게 주어지지 않은 것은 무엇인가?' '사람은 무엇으로 사는가?' 였다. 미하일이 찾은 답은 자비, 시간, 사랑이었다.

93

요. 그러니까 어서 집으로 돌아가세요. 여기 이러고 계시면 감기 걸려요."

간절한 말에도 노인은 고집스레 고개를 내저었다. 그러고는 머리를 감싸쥐며 고통스럽게 중얼거리기 시작했다.

"아니, 아니야. 사람은 좋은 집, 좋은 옷가지, 먹을 것으로 사는 것이 아니네. 그런 게 있다고 행복해지진 않아. 그렇다면 사람은 대체 무엇으로 사는 걸까? 아아, 난 이 문제를 해결하기 전까지는 절대 돌아가지 않을 걸세."

노인의 단호한 말에 노빈손은 당혹스러움을 감출 수 없었다. 지

금 러시아의 추위는 북극곰마저 동사하게 만들 지경이었다.

노빈손은 고개를 절레절레 흔들었다.

'혹시 강도라도 당해서 머리를 다치신 게 아닐까? 그러지 않고서야 러시아 혹한에서 벌거벗을 수 있는 사람은 직업 정신 투철한 바바리맨밖에 없다구.'

노빈손은 입고 있던 외투를 벗어 노인의 몸에 걸쳐 주었다. 공사 현장에 끌려온 그에게는 단 한 벌뿐인 옷이었다. 그리고 아까 저녁 식사로 배급받은 빵을 꺼내 노인의 손에 쥐어 주었다. 그 빵 역시 노빈손이 나중에 먹으려고 고이 아껴 둔 것이었다.

"지금 가지고 있는 게 없어서, 해 드릴 수 있는 게 이것밖에 없네요. 새벽엔 더 추워지니 그전까지 그 질문의 답을 찾아서 집으로 돌아가세요. 꼭 말이에요!"

노빈손은 노인을 측은하게 바라보고는 뒤돌아섰다. 노빈손의 발걸음 소리가 완전히 들리지 않게 되었을 무렵, 노인은 환희에 찬 표정으로 자리에서 벌떡 일어났다. 그러고는 두 주먹을 꽉 쥔 채 외쳤다.

"오오, 찾았구나, 그 답을!"

표트르의 도시, 상트페테르부르크

"으이차!"

다음 날, 노빈손은 베드로 석상을 만드는 일에 전념하고 있었다. 이제 석상은 거의 모양새를 갖춰 위엄이 드러났다. 노빈손은 왠지 모를 뿌듯함을 느끼며 조각상을 올려다보았다. 이제 보니 베드로는 무릎을 꿇은 채 하나님께 무언가를 건네받고 있었다.

"노빈손! 누가 자네를 찾아왔어!"

감독관이 노빈손을 불렀다.

"네? 저를요?"

곧 한 남자가 다가오는 것이 보였다. 노빈손은 누군지 금방 알아보았다.

"헉, 벌거벗은 할아버지!"

어제와 다르게 말쑥하게 차려입은 노인은 조금 쑥스럽다는 듯 머리를 긁적였다. 그러고는 노빈손에게 손을 내밀며 자신을 소개했다.

"다시 만나서 반갑네. 난 소설가 똘스똘이라고 하네."

"엥? 소설가요? 아니, 그런 분이 어젠 왜 거기에 그러고 계셨던 거예요? 몸은 괜찮으세요?"

똘스똘이는 기쁨이 가득한 눈으로 노빈손을 바라보았다.

"나는 아주 멀쩡하다네! 이게 다 자네 덕이야! 사실 나는 어제까지 아주 깊은 고뇌에 빠져 있었지. 전쟁 중인 이 나라에는 굶주리고 힘든 사람들이 너무 많은데, 이런 상황에서 사람은 과연 무엇으로 사는가? 무엇으로 살아야 행복해질 수 있는가, 하는 고민으로 말이야. 나는 그 번뇌를 이기지 못해 벌거벗고 성당 앞으로 나아갔다네. 그리고 그곳에서 자네를 만나 마침내 답을 얻은 거야!"

똘스똘이는 무척 달떠 있었다. 노빈손은 고개를 갸우뚱했다.

"엥? 제가요? 제가 답을 드렸다고요?"

똘스똘이는 노빈손의 손을 꽉 잡으며 힘차게 고개를 끄덕였다.

"그래. 자네는 힘들고 어려운 처지인데도 내게 옷을 벗어 주고 빵을 나눠 주지 않았나. 난 자네의 모습을 보며 깨달았다네. 사람은 다른 무엇도 아닌 사랑으로 산다는 걸! 인간에게 중요한 것은 부도 명예도 아니라네. 바로 사랑이지! 이 깨달음을 밤새 이야기로 만들었다네."

똘스똘이는 품속에서 원고 뭉치를 꺼냈다. 노빈손은 원고를 받아 들고 읽기 시작했다. 벌거벗은 채 인간 세상에 떨어져 '사람은 무엇으로 사는가?'에 대한 답을 찾아가는 한 천사의 이야기로, 무척이나 아름답고 감동적인 내용이었다. 이야기의 마지막 장에는 다시 천국으로 돌아가는 천사의 모습이 그려져 있었다. 삽화를 본 노빈손은 깜짝 놀랐다.

"헉, 이건 나잖아?"

**무엇이든 최초,
상트페테르부르크**

표트르가 세운 도시, 상트페테르부르크는 유럽에서 가장 아름답고 발전된 도시로 성장했다. 상트페테르부르크 건설을 위해 벽돌, 타일, 유리를 러시아 역사상 전례 없는 규모로 생산했고 처음 시멘트를 도입하기도 했다. 18세기 말, 상트페테르부르크가 러시아 제1의 무역항이 된 이후엔 러시아의 대외무역은 무려 15배나 증가했고 예술원, 과학원, 해양학술원에서는 수많은 인재가 배출되었다.

　그랬다. 독특한 두상에, 네 가닥밖에 없는 머리카락. 천사의 모습은 노빈손과 꼭 닮아 있었다.

　"어머, 천사가 대머리네?"

　그림을 본 아나스타샤가 놀려 대자 똘스똘이는 노빈손 등 뒤에 서 있는 베드로 석상을 바라보며 말했다.

　"정말로 자네는 신께서 내게 보내 주신 천사 같았다네. 자네를 만났을 때의 기분은 마치 하나님께 천국의 문 열쇠를 받은 저 베드로 님의 기분과 같았다고나 할까?"

"아, 이게 성자 베드로가 천국의 열쇠를 받고 있는 모습이었구나."

"그렇다네. 신도시에 들어갈 조각인가 보지? 잘 어울리는군. 차르가 지으시는 도시의 이름도 상트페테르부르크니까. 성스러운 베드로의 도시, 천국의 문을 여는 열쇠라는 뜻이지. 그 도시가 발트 해라는 천국의 문을 여는 열쇠가 되길 바라면서 차르께서 이름을 지으셨다고 하더군. 내 소설에 영감을 얻을까 해서 얼마 전에 트레치니를 따라가 봤는데, 멋지게 지어지고 있었어! 네바 강의 늪지대에 있는 100여 개 섬들을 365개의 다리로 연결해 짓는 도시라니, 정말 낫땅 임파서블 표트르 차르께 딱 어울리는 굉장한 곳이 될 걸세."

순간, 노빈손과 아나스타샤는 그 자리에 얼어붙고 말았다. 상트페테르부르크, 성스러운 베드로의 도시, 천국의 문을 여는 열쇠라고? 둘의 머릿속에는 지령이 빠르게 스쳐 지나갔다.

> 해가 뜨지도 지지도 않는 강의 열쇠에서 두 마리의 독수리를 떨어뜨려라.

해가 뜨지도 지지도 않는 강의 열쇠는 바로 '천국의 문을 여는 열쇠'라는 뜻을 가진 상트페테르부르크였다.

"내가 자네에게 보답을 하고 싶은데, 뭔가 필요한 게 없나? 난 트레치니와도 잘 아는 사이네. 그가 내 소설의 엄청난 팬이거든."

어느새 공사 현장의 지휘를 마치고 그들 곁으로 다가온 트레치니가 "에헴" 하며 헛기침을 했다. 노빈손은 트레치니와 똘스똘이를 보며 간절하게 말했다.

"저희가 바라는 건… 저흰 상트페테르부르크에 가고 싶어요! 그곳에 가서 차르께 저희가 알고 있는 아주 중요한 이야기를 전해 드려야만 하거든요. 이 나라의 운명이 걸려 있는!"

"뭐?"

트레치니는 놀란 얼굴로 되물었다. 차르가 지금 발트 해의 수비를 위해 상트페테르부르크에 있다는 것은 차르의 최측근과 공사 진행 상황을 보고하는 자신 정도만 알고 있는 사실이었다. 그걸 어떻게? 게다가 이 나라의 운명이 걸려 있는 이야기라고?

트레치니와 마주친 노빈손의 눈동자는 조금의 흔들림도 없이 굳건했다. 거짓말을 하는 것 같지는 않았다. 트레치니는 난처한 부탁에 머릿속이 복잡해졌다.

"그러지 말고, 저 아이들의 부탁을 들어주게. 그렇게만 해 준다면 이번에 발간할 내 소설의 초판 한정본을 자네에게 주지. 사인까지 해서!"

네프스키 대로

유럽에서는 모든 길이 로마로 통할지 몰라도 상트페테르부르크에서는 모든 길이 네프스키 대로로 통한다. 네프스키 대로는 러시아의 영웅 알렉산드르 네프스키의 이름을 붙인 도로로, 구 해군성 첨탑과 궁전 광장 사이에서 시작하여 도스토옙스키의 시신이 안장된 알렉산드르 넵스키 수도원까지의 대로를 말한다. 길이는 약 4km, 최대 너비 60m에 이른다. 그러니 상트페테르부르크 관광은 이 네프스키 대로를 따라 걷기만 해도 다 끝난 거라, 이 말씀!

똘스똘이까지 간절한 부탁에 합세했다. 한참을 고민하던 트레치니는 신중한 표정으로 입을 열었다.

"좋아. 내가 너희들을 상트페테르부르크의 차르께 데려다 주지! 절대 초판 한정본이 탐나서가 아니네! 자네들이 차르께 전할 말이 있다기에 그러는 것뿐이야! 유남생(You know what I'm saying)?"

"우아!"

노빈손과 아나스타샤에 얼굴에 환희가 떠올랐다. 고생 끝에 드디어 표트르를 만나게 된 것이다.

'조금만 기다리세요, 차르! 저희가 지금 만나러 갑니다!'

노빈손은 주먹을 꽉 쥐어 보였다.

러시아 문학
명예의 전당

1 Round
시

다음 중 더 마음에 드는 시를 골라 보자.

> 삶
>
> 삶이 그대를 속일지라도
> 슬퍼하거나 노여워하지 말라
> 우울한 날들을 견디면
> 기쁨의 날이 오고야 말리니

> 나의 조국
>
> 나는 내 조국을 사랑한다
> 그러나 그것은 짝사랑이다
> 그것은 내 이성이 하는 일이
> 아니다

다들 골랐니? 첫 번째 시 「삶」을 고른 친구는 푸시킨 타입, 두 번째 시 「나의 조국」을 고른 친구는 레르몬토프 타입이야.

푸시킨과 레르몬토프가 누구냐고?

알렉산드르 푸시킨(1799~1837)

푸시킨은 근대 문학을 연 문학가로 러시아 문학의 아버지로 불리지. 사실 푸시킨이 살아 있을 당시 러시아는 러시아어로 쓰인 문학의 가치를 제대로 인정하지 않았단다. 하지

만 푸시킨은 굴하지 않고 러시아인의 감정을 사실적이면서도 세련되고 아름다운 러시아어로 표현한 수많은 걸작들을 남겼지. 지금까지도 러시아인들이 가장 사랑하는 작가로 추앙받고 있어.

대표작 : 『예프게니 오네긴』, 『대위의 딸』, 「폴타바」

미하일 레르몬토프(1814~1841)

　　미하일 레르몬토프는 푸시킨보다 약간 늦게 태어난, 러시아의 또 다른 천재 시인이란다. 그는 러시아의 대표적인 낭만주의 시인이라고 불리면서도, 동시에 모든 불합리한 것들을 비판하는 데 온 힘을 다했던 사람이었어. 덕분에 그의 시는 장대한 멋이 있는 푸시킨과는 달리 힘차고 간결한 매력이 있지.

대표작 : 『현대의 영웅』, 「모놀로그」, 「도망자」

천재들의 비극적인 운명, 푸시킨과 레르몬토프의 공통점은?

　　푸시킨과 레르몬토프, 둘의 공통점은 바로 젊은 나이에 자신을 미워하는 사람 손에 목숨을 잃었다는 거야(푸시킨 38살, 레르몬토프 27살 사망). 푸시킨은 그를 미워하는 세력가들이 꾸민 음모에 말려들어 총에 맞아 죽어. 평생 동안 푸시킨을 존경하고 푸시킨의 발자취를 따라 살고 싶어 했던 레르몬토프 역시 푸시킨처럼 그의 명성을 시기한 장교와 결투 도중 죽게 돼. 아이러니한 운명이지?

소설

다음 중 좋아하는 단어들을 골라 봐.

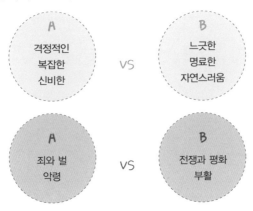

A

격정적인
복잡한
신비한

VS

B

느긋한
명료한
자연스러움

A

죄와 벌
악령

VS

B

전쟁과 평화
부활

A을 고른 친구는 도스토옙스키 타입. B을 고른 친구는 톨스토이 타입이야. 엇? 둘 다 마음에 든다고? 그렇다면 두 작가의 작품을 모두 읽어 보도록!

표도르 도스토옙스키 (1821~1881)

도스토옙스키는 톨스토이와 더불어 러시아의 19세기를 대표하는 작가야. 그는 주로 러시아의 암울한 사회상을 그린 작품들을 많이 남겼지. 사실 그가 이런 작품을 많이 쓴 것은 그의 삶과 밀접한 연관이 있어. 『가난한 사람들』이라는 작품으로 화려하게 문

단에 데뷔했던 도스토옙스키는 급진 단체에 가입했다는 죄목으로 시베리아에서 긴 유형 생활을 하게 되거든. 이런 경험을 바탕으로 하여 그의 작품들은 인간의 상처와 본질에 대해 깊은 성찰을 보여 준단다.

대표작 : 『죄와 벌』, 『까라마조프가의 형제들』, 『악령』

레프 니콜라예비치 톨스토이(1828~1910)

톨스토이는 힘든 삶을 살았던 도스토옙스키와 달리 백작 가문의 상속자로 태어났어. 그래서일까, 그의 작품은 도스토옙스키 작품이 보여 주는 격정과는 반대로 느긋하고 자연스러워. 그가 『전쟁과 평화』, 『안나 카레니나』 같은 대작들을 발표하자, 그의 소설은 단순한 소설이 아니라 인생 그 자체라는 격찬을 받았지. 하지만 톨스토이 본인은 자신의 작품과 자기 자신을 탐탁지 않게 여겼어. 그는 부유한 계층에서 태어난 자신을 부끄럽게 여겼고, 그 때문에 자신의 재산을 가난한 사람들을 위해 쓰고, 민중들이 쉽게 읽을 수 있도록 러시아 민화를 개작하는 데 평생을 보냈지. 톨스토이는 문학가로서도 대단하지만, 인간적으로도 참 존경할 만한 사람이지?

대표작 : 『전쟁과 평화』, 『부활』, 『안나 카레니나』, 『바보 이반』

다음은 연극의 포스터들이야. 둘 중 맘에 드는 작품을 골라 봐.

니콜라이 고골(1809~1852)의 「검찰관」

안톤 체홉(1860~1904)의 「벚꽃 동산」

'이 작품은 생활보다 더 사실적이다' 라는 평가를 받고 있는 니콜라이 고골의 작품 「검찰관」. 내용을 한번 볼까?

검찰관   어느 날, 러시아 소도시에 암행 검찰관이 온다는 소식이 전해지고, 도시 는 긴장 상태가 되지. 시장을 비롯한 관리들은 여관에 묵고 있던 허풍쟁이 하급 관

리 흘레스타코프를 검찰관으로 착각하는 웃지 못할 일이 발생해. 이들은 자신들의 비리를 감추기 위해 가짜 검찰관에게 뇌물을 제공하고 연회까지 베풀어 주지. 흘레스타코프는 한술 더 떠 시장의 딸에게 청혼까지 하는데……. 고위 검찰관 사위를 보게 된 시장의 집안은 한바탕 축제가 벌어지지. 하지만 흘레스타코프는 유유히 떠나 버리고, 시장에게 진짜 검찰관이 도착했다는 소식이 알려지면서 극은 끝나. 이 작품은 부패한 러시아 관료제에 대한 고골의 신랄한 풍자극이야. 정말 유쾌하면서도, 많은 생각할 거리를 안겨 주는 작품이지.

고골이 19세기 초반을 대표하는 작가라면, 안톤 체홉은 19세기 말을 대표하는 작가야. 안톤 체홉은 「바냐 아저씨」, 「갈매기」, 「세 자매」를 비롯해 걸출한 희곡들을 남겼고, 늘 극에서 새로운 실험을 단행한 진보적인 예술가이기도 했어. 그럼 그의 4대 희곡 중에 하나인 「벚꽃 동산」의 내용을 볼까?

벚꽃 동산   아름답고 광활한 벚꽃 동산의 여자 주인 라네프스카야는 5년간의 긴 파리 생활을 마치고, 벚꽃 동산으로 돌아와. 하지만 농노 해방에 따른 지주들의 몰락으로 벚꽃 동산은 경매에 붙여질 위기에 처했지. 신흥재벌 로파힌은 빚더미에 오른 라네프스카야를 위해, 벚꽃 동산을 별장으로 임대할 것을 제안해. 라네프스카야와 그녀의 오빠는 옛 추억이 담긴 벚꽃 동산이 훼손되는 것을 원하지 않아, 로파힌의 제안을 거절하지. 결국 벚꽃 동산은 경매에 넘어가고 그 가족들은 뿔뿔이 흩어지게 되면서 이 작품은 끝을 맺어. 이 벚꽃 동산의 내용은 19세기 말, 몰락하는 러시아의 서글픈 현실을 대변하는 것으로, 안톤 체홉의 작품 중 가장 원숙하다고 평가받고 있지. 쓸쓸한 분위기가 전해지니?

 표트르의 꿈

"흐으, 떨린다. 떨려. 차르께서는 대체 언제 오시는 거지?"

상트페테르부르크에 도착한 후, 표트르와 접견을 앞둔 노빈손과 아나스타샤는 잔뜩 긴장해 있었다.

"이봐들, 당당하게 어깨 펴라고. 차르는 엄청나게 바쁘신 몸이야. 외국인을 흔쾌히 만나 주시겠다고 한 건 자네가 처음이라고. 그러니 떨지 말고 자네의 몇 가닥 없는 머리털에 감사하게."

트레치니는 노빈손을 보며 이야기했다.

"엥? 제 머리털이오?"

노빈손은 머리카락을 만지작거리며 물었다.

트레치니는 전구처럼 자체 발광하는 노빈손의 머리를 한번 쳐다보더니 웃으며 입을 열었다.

"그래. 차르께서는 털 많은 인간을 질색하시거든. 특히 붓글씨를 써도 될 만큼 길게 수염을 기르는 러시아 귀족들을! 차르께서는 수염을 기르고 싶은 사람은 수염세를 내라고 공표하셨고, 심지어 수염세를 안 낸 귀족들의 수염을 직접 가위로 잘라 버리기까지 하셨지. 수염은커녕 머리털도 네 가닥밖에 없는 외국인이 차르를 만나러 왔다고 하니까, 호기심이 발동하신 모양이야."

"정말 귀족들의 수염을 차르가 직접 잘랐다고요? 그런 게 가능한가요?"

"그럼, 낫띵 임파서블! 차르께 불가능은 없다네!"

그때, 끼익 하고 접견장의 문이 열리며 키가 2미터 가까이 되어 보이는 풍채 좋은 미남이 들어섰다. 턱을 온통 뒤덮는 러시아인 특유의 긴 수염 대신, 간결한 콧수염만을 기른 그는 빛나는 눈으로 손님들을 응시한 뒤 자리에 앉았다. 훗날 러시아의 위대한 개혁 군주라 불릴 표트르 대제였다. 노빈손은 그의 위엄에 압도되었다.

"트레치니, 공사는 순항이라고 들었네. 아주 수고가 많아. 그런데 오늘은 내게 다른 볼일이 있다고?"

"예, 폐하. 이 아이들이 차르께 긴하게 드릴 말씀이 있다고 하여 이곳까지 찾아오게 되었습니다. 이 아이들은 노빈손과 아나스타샤라고 하옵니다."

노빈손과 아나스타샤는 표트르의 앞으로 나와 예를 갖추었다.

표트르는 노빈손을 구석구석 살펴보다가 속으로 웃음을 터뜨렸다.

'으하하하. 들던 대로 독특한 외모를 가진 청년이군. 정말 수염이 하나도 없는데다가, 머리털도 네 가닥밖에 없잖아? 하지만 눈동자에는 총기가 어려 있어. 어쩌면 내가 나중에 크게 쓸 수 있는 인재일지도 모르겠군! 한번 시험해 볼까?'

표트르의 생각을 알 리 없는 노빈손은 차르 앞에 무릎을 꿇으며 공손히 인사했다.

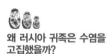

왜 러시아 귀족은 수염을 고집했을까?

러시아 귀족에게 수염이란 노빈손의 자존심인 네 가닥의 머리칼과 비슷한 것이었다. 러시아인에게 수염은 조상 대대로 내려오는 오랜 관습이자, 러시아정교 신자의 상징이었다. 러시아정교에서는 신 역시 수염을 기르고 있다고 생각하여, 면도는 신을 닮은 인간의 모습을 손상시키는 것이라고 여겼다. 러시아정교를 믿었던 귀족들은 수염을 깎으라는 표트르의 지시에 수염세를 내면서 수염을 지켰던 것이다.

"위대한 표트르 차르를 뵙습니다."

표트르는 피곤한 척을 하며 대답했다.

"하아암. 그래, 자네가 내게 용건이 있다는 사람이군? 하지만 어젯밤 꿈이 여간 사납고 묘했던 게 아니라서, 지금 누군가의 말을 들어줄 기분이 아니군. 미안하네."

여기까지 죽을 고생을 해서 왔는데 고작 꿈 때문에 이야기를 들어 줄 수 없다고? 노빈손뿐만 아니라 트레치니와 아나스타샤도 실망하는 기색을 감추지 못했다.

"폐하, 심신이 피곤하고 지치시겠지만 정말로 중대한 이야기입니다. 꼭 들어주셔야만 해요."

"그래? 흐음. 그렇다면 자네가 내 꿈을 먼저 해석해 보겠나? 나도 이 꿈의 의미만 명쾌하게 알 수 있다면 기분이 좀 나아질 것 같은데 말이야. 만약 자네가 내 꿈을 해석한다면 나도 자네의 이야기를 들어주지."

'오잉? 꿈을 해석하라고?'

노빈손은 막막했지만 여기서 물러설 수는 없었다. 씩씩하게 표트르를 바라보며 고개를 끄덕였다. 표트르는 아련한 표정으로 자신의 꿈 이야기를 시작했다.

"꿈에서 나는 아주 높은 첨탑에 올라갔지. 하지만 그 탑에 매달린 밧줄은 흐느적거려 잘 오를 수가 없었어. 몇 번이나 미끄러진 나

표트르의 꿈

노빈손을 시험하기 위해 이야기한 표트르의 꿈은 실제 표트르 대제가 1715년 1월, 상트페테르부르크의 집에서 꾼 꿈이다. 이 무렵 표트르는 스웨덴과 전쟁에서 결정적 승리를 거두어 발트 해 동해안에 러시아의 기반을 확고히 하려 했다. 또한 왕세자 알렉세이와 갈등이 최고조인 시기이기도 했는데 꿈을 통해 이런 상황과 차르의 의식 세계를 엿볼 수 있다.

는 눈 신발을 신고 다시 첨탑을 기어올랐지. 간신히 첨탑 위에 도달하니, 신기하게도 그곳에는 쌍두독수리가 새겨진 깃발이 하나 있었다네. 그걸 본 나는 안간힘을 써서 깃발을 첨탑 중심에 꽂았지. 깃대를 잡고 온 세상을 내려다보니 발 아래 세상은 정말 넓고 아름답고 부흥해 있더군. 이게 어젯밤 꿈이네."

수수께끼 같은 꿈은 칼 12세의 지령만큼이나 난해했다. 노빈손 일행은 꿈의 의미를 알 수 없어 한참 동안 침묵을 지켜야만 했다.

'꿈에서 눈 신발을 신고 첨탑에 올라가서 중앙에 쌍두독수리 깃발을 꽂았다고? 그게 대체 무슨 소리람? 순전히 개꿈 아닐까? 멍멍! 으으.'

노빈손은 머리를 감싸 쥐며 미간에 선을 더했다. 하지만 그 꿈을 곰곰이 생각해 보니 무언가 걸리는 것이 있었다. 첨탑! 노빈손은 지금까지의 러시아 모험을 쭉 돌이켜보았다.

'그래, 첨탑이라… 아! 어쩌면?'

"혹시 이 꿈이 무슨 뜻인지 알겠나?"

표트르의 재촉에 노빈손은 머릿속에 떠오른 생각을 정리했다. 그러고는 고개를 끄덕였다.

"네. 폐하의 꿈에는 확실히 몇 가지 독특한 점이 있습니다. 일단 폐하께서는 꿈속에서 높은 첨탑에 올라갔다고 하셨죠. 하지만 나무로 만든 건물이나 둥근 지붕이 많은 러시아에서는 첨탑같이 뾰족한 건축 양식을 보기 힘듭니다. 그건 제가 서유럽 국가들을 여행하며 많이 본 것이거든요. 첨탑은 유럽의 상징이죠. 그런데 차르는 꿈에서 그 첨탑에 러시아 전통의 눈 신발을 신고 올라가셨습니다. 몇 번이나 실패를 거듭하면서요. 그러고는 그 첨탑 중심에 차르의 상징인 쌍두독수리 깃발을 꽂기까지 하셨죠. 그건 바로 유럽의 중심에 러시아를 우뚝 세우려는 폐하의 의지가 아닐까요? 그러니까 이 꿈은 어떤 고난이 있더라도 러시아를 발전시켜 유럽 제일의 강국으로 만들겠다는 폐하의 소망, 꿈인 것 같습니다."

'아… 아니!'

노빈손의 해석이 끝나자, 표트르의 얼굴에는 놀라움과 환희가 번졌다. 표트르는 유쾌하게 웃었다.

"하하하. 자네 정말 대단하군! 내 상상 이상이야! 자네 말이 맞

아. 그 꿈은 바로 내 꿈, 소망 그 자체라네! 사실 내가 발트 해와 연결되는 이곳에 상트페테르부르크를 지으려는 것도, 대대적인 개혁을 하고 놀고먹는 귀족들에게 세금을 거두는 것도 다 그 꿈 때문이라네! 나는 언젠가 이 나라를 유럽의 중심으로 만들 걸세! 반드시! 남들은 전부 불가능하다고 하지만! 낫띵 임파서블! 불가능, 그건 아무것도 아니지!"

표트르의 눈에서는 뜨거운 열망이 이글거리고 있었다. 러시아를 부강하게 만들겠다는 열망! 그 꿈은 언젠가는 분명 현실이 될 것이었다.

테스트를 멋지게 통과한 노빈손은 단호한 표정으로 표트르를 올려다보았다.

"하지만, 폐하. 러시아가 강대국이 되려면 우선 해결해야 할 숙제가 있지 않을까요?"

그 말에 표트르는 잠시 생각에 잠기더니 눈에 광채를 띠며 말했다.

"물론 있네. 북쪽을 막고 이 나라의 안전을 시시때때로 위협하는 칼 12세를 물리치는 일이지. 지금 칼 12세가 있는 그로드노는 장군 멘시코프가, 수도인 모스크바는 왕세자 알렉세이가, 그리고 이곳 발트 해 연안은 내가 지키고 있긴 하지만 우리는 칼 12세의 의도와 공격 방향을 예측 못 하고 있지. 그러니

표트르의 남자, 멘시코프 대공
18세기 러시아의 군인이자 정치가였던 알렉산드르 멘시코프는 표트르가 가장 아끼는 인물이었다. 그는 북방전쟁을 비롯한 여러 전쟁에서 러시아군을 승리로 이끌고 큰 활약을 보인 명장이었다. 하지만 인간적인 면에서 결함이 많은 인물이어서 탄핵 여론이 끊이질 않았다. 그런데도 표트르는 멘시코프의 결점들을 전부 감싸 주고 그를 내치지 않았다. 자신에게 충성을 맹세하는 사람은 큰 실수를 해도 용서해 주는 것이 표트르의 마음이랄까?

나에겐 영리한 인재인 그대들이 필요하네. 자네들은 어떻게 생각하나?"

노빈손은 때가 왔음을 느꼈다. 고초 끝에 표트르를 만나, 칼 12세의 음모를 고하게 된 것이다. 이제 몇 초 뒤면, 역사는 다시 제대로 흐를 터였다.

노빈손은 감격에 겨운 목소리로 입을 열었다.

"폐하, 사실 저희가 이곳에 온 것도 바로 그 때문입니다. 지금 칼 12세는……."

그때, 갑자기 방문 밖에서 노빈손의 말을 막는 다급한 목소리가 들렸다.

"폐하! 소러시아의 사절이 긴급한 이야기가 있다면서 지금 당장 폐하를 뵙겠다고 합니다."

표트르는 의아한 표정으로 방문 밖을 바라보았다.

"소러시아 사절이?"

그는 노빈손에게 미안한 기색을 내비쳤다.

"흐음. 노빈손 군, 미안하지만 이야기는 나중에 듣도록 하지. 들라 하여라."

표트르의 말이 떨어지기 무섭게, 소러시아 사절이 방 안으로 쏜살같이 들어왔다. 그는 들어오자마자 차르가 아닌 노빈손과 아나스타샤를 먼저 바라보더니 낮게 중얼거렸다.

"오, 이런 세상에!"

사절과 눈이 마주친 노빈손 역시 왠지 모르게 남자의 인상이 낯이 익다는 생각을 했다.

황급히 몸을 돌린 사절은 둘의 시선을 피해 표트르 앞에 낮게 엎드렸다.

"폐… 폐하! 예고도 없이 찾아온 무례를 용서하십시오. 하지만 너무나 긴급한 소식이라 한걸음에 달려오지 않을 수 없었습니다. 지금 칼 12세가 폐하를 암살하기 위해 보낸 스파이가 이곳에 잠입해 있다는 정보가 입수되었습니다!"

표트르는 잔뜩 놀란 표정이었다.

"칼 12세가 보낸 암살자라고?"

표트르는 당황하여 잠시 말을 잇지 못하였다. 곧 냉정을 되찾은 그는 침착한 말투로 되물었다.

"혹시 그자들이 누군지 알아내었소?"

사절은 천천히 고개를 들었다. 그의 얼굴에 미소가 걸려 있었다.

"물론입니다."

그는 손가락을 들어 노빈손과 아나스타샤를 지목하면서 외쳤다.

"그 스파이는… 바로 이자들입니다!"

"에에?"

말도 안 되는 누명에 노빈손과 아나스타샤는 눈이 휘둥그레졌다. 둘은 무어라 항변했지만 소러시아 사절의 행동은 그들보다 빨랐다.

"호위병! 네놈들은 무엇하느냐! 들어온

소러시아는 어디?
소러시아는 오늘날 우크라이나의 옛 이름이다. 유럽 동부와 러시아의 경계에 있는 나라로 1991년 소비에트 사회주의연방(소련)이 해체되면서 우크라이나로 독립했다.

정보에는 '머리카락이 네 가닥밖에 없는 칼 12세의 첩자가 폐하의 목숨을 앗으러 온다'고 했다. 그건 바로 이놈이 아니냐? 당장 이놈들을 섬 끝 감옥에 가두어라!"

호위병들은 재빨리 노빈손과 아나스타샤를 포박했다.

"아니에요! 차르! 이건 누명입니다!"

노빈손은 애타게 외쳤지만 소용없었다. 소러시아 사절은 끌려가는 둘을 보며 눈을 번쩍 빛냈다. 그 희번덕거리는 눈과 마주친 순간, 노빈손과 아나스타샤는 그가 누구인지 기억해 냈다.

"007!"

소러시아의 사절, 아니 007은 싸늘히 웃었다.

'후후! 이번에야말로 영혼까지 가둬 주지. 잘 가라!'

 ## 섬 끝의 요새 감옥

"후우, 원수는 네바 강 다리에서 만난다더니. 이제 어쩐담?"

007 덕에 어두침침한 감옥에 갇힌 아나스타샤는 한탄을 했다.

"어쩌긴, 탈출해서 폐하를 구해야지. 007은 소러시아의 사절을 사칭해 폐하 곁에 머물면서 호시탐탐 암살 기회를 노렸을 거야. 하지만 우리를 봤으니 분명 계획을 앞당길 테지. 당장 오늘 밤에라도 폐하를 암살할지 몰라. 그렇게 내버려 둘 순 없지!"

목표 달성까지 단 한 걸음만을 남겨 두고 장렬한 실패를 맛본 노빈손은 이제 포기할 만도 하건만 더욱 의지를 불태우고 있었다. 모험가 노빈손의 체면상, 이대로 아무것도 이루지 못하고 돌아갈 수는 없다는 생각이 들었다. 그런 노빈손의 생각을 아는지 모르는지 아나스타샤는 깨알같이 얄미운 소리만 해댔다.

"그건 나도 알아, 노빈손. 하지만 여기서 어떻게 빠져나갈 건데? 탈옥이란 건 말처럼 쉬운 일이 아니라고."

"걱정 마. 악명 높은 프랑스의 바스티유도, 영국 런던 탑의 감옥도 다 통과해 낸, 탈옥의 명수 노빈손을 믿으시라! 내가 지금 살펴

보니 이곳은 감옥 벽과 뒤의 담장이 딱 맞붙어 있는 구조인 것 같아. 그러니 우리가 이 허름한 벽의 벽돌 몇 장을 빼낸 후, 담장에 개구멍을 만들어서 탈옥하면 된다, 이 말이지!"

노빈손은 의기양양하게 감옥을 가리켰다. 노빈손의 말이 끝나기가 무섭게, 옆방에서 커다란 웃음소리가 들렸다.

"하하하. 듣고 있자니, 어리석기 그지없군! 벽을 뚫고 탈옥을 하겠다고? 그게 가능했다면 왜 지금껏 우리들은 탈옥을 하지 않았겠나? 너희 생각보다 여긴 더 지옥 같은 곳이라고! 벽에 귀를 대 봐라, 애송아!"

조롱 섞인 죄수 말에 노빈손은 서둘러 감옥 벽에 귀를 대 보았다.

쏴아— 철썩— 쏴아— 철썩.

담장에 부딪치는 커다란 파도 소리였다. 노빈손은 금세 죄수의 말을 이해했다. 이 감옥은 바로 섬의 끝, 즉 바다 바로 옆에 지어진 천연의 요새였던 것이다. 만약 죄수들이 이 벽과 뒤의 담장을 무너뜨리고 탈옥을 한다 해도, 어차피 그 앞은 망망대해였다. 누구도 이 감옥을 나가지 못한 데에는 다 그럴 만한 이유가 있었던 것이다.

'세상에나. 이건 바스티유보다 훨씬 어렵잖아!'

기상천외한 탈옥 인생에서 맞이한 가장 커다란 난관이었다. 노빈손은 힘이 쭉 빠져

강제수용소의 하루

『이반 데니소비치의 하루』는 20세기를 대표하는 러시아의 작가 알렉산드르 솔제니친의 작품이다. 이 소설은 조국을 배신했다는 억울한 죄목을 받고 강제수용소에 들어가게 된 이반 데니소비치의 이야기를 다루고 있는데, 소비에트 연방의 강제수용소의 현실과 실체를 낱낱이 폭로하고 있다. 이 작품으로 솔제니친은 1970년 노벨문학상을 수상했다.

자리에 주저앉았다. 정말 아무런 방법이 없는 걸까? 노빈손은 머리를 굴리고, 또 굴려 보았다. 한참이나 궁리를 하다 머리에서 스팀이 뿜어져 나올 무렵, 갑자기 아나스타샤가 손을 들어 천장을 가리켰다.

"노빈손, 저길 봐. 천장에 있는 작은 창문은 뭐지? 환풍구인 것 같은데. 만약 저길 통해서 나간다면 감옥 지붕을 타고 도망갈 수 있지 않을까?"

노빈손은 천장을 올려다보았다. 그곳에는 한 사람이 겨우 빠져나갈 수 있을 정도로 좁은 환풍구가 있었다. 다행히도 그 환풍구의 쇠창살은 무척이나 낡아, 손 힘만으로도 쉽사리 뜯어낼 수 있을 것 같았다. 하지만 문제는 천장까지 어떻게 올라가느냐였다. 아나스타샤와 노빈손의 키를 다 합쳐도 천장에 손끝조차 닿지 않았다.

'아나스타샤의 말대로 천장까지 닿을 수만 있다면 탈옥이 가능할지도 몰라. 하지만 사다리는커녕 아무런 도구도 없는 이 텅 빈 감옥에서 어떻게 저기까지 올라가지?'

노빈손은 계속해서 환풍구를 뚫어지게 바라보았다. 해가 저물어 가는지 감옥 주변의 파도 소리는 더욱 거세지고 있었다.

음모의 밤

유독 짙은 어둠이 깔린 밤. 낮에 일어난 소란이 무색하게 표트르의 궁전은 고요에 잠겨 있었다. 그곳에는 어둠에 몸을 묻은 채 차르의 방을 향해 걷고 있는 한 남자가 있었다. 그 남자의 정체는 전대미문의 스파이 007. 그는 날카로운 빛을 내뿜는 칼을 내려다보며 혼잣말을 했다.

"시녀들이 이상하게 생긴 남자가 차르를 뵈러 왔다고 소곤대는 소리를 듣고 직감적으로 차르를 찾아간 건 정말 잘한 일이었어. 하마터면 큰일 날 뻔했군. 이제는 더 이상 시간이 없어. 표트르가 이상한 낌새를 채기 전에 처리하지 않으면……!"

그는 발소리를 죽이며 차르 방 앞에 다다랐다. 문 앞에 서 있던 호위병들을 순식간에 쓰러뜨리고는 차르의 방으로 들어갔다. 어둠 속에서 어스름한 윤곽이 보였다.

'얌전히 주무시고 계시는군. 이제 영원한 잠 속으로 빠지게 해 드리지!'

그는 표트르의 침대 쪽으로 바짝 다가가 한 치의 망설임도 없이 검을 뽑아 들었다.

"잘 가시오, 표트르!"

007은 표트르의 심장을 향해 힘차게 내리

표트르의 궁전, 페테르고프

'페테르고프'는 표트르의 궁전이라는 뜻으로 '여름 궁전'이라고도 한다. 1717년 프랑스 왕실을 방문하고 난 표트르는 페테르고프를 베르사유 궁전 못지 않은 화려한 황제의 거처로 꾸민다. 바로크 양식의 대궁전(1721년 완공)은 도메니코 트레치니가 설계했고 144개의 아름다운 분수와 7개의 작은 공원, 가로수 길, 작은 궁전들로 이뤄졌다.

꽂았다. 깊게 박히는 느낌이 손끝에 전해졌다.

"후후. 임수를 완수했군. 이제 얼굴을 확인하고 칼 12세께 돌아
가기만 하면!"

그는 표트르 위에 덮인 이불을 거두었다. 순간 그의 얼굴에서 미
소가 사라졌다.

그곳에 있는 것은 칼에 찔린 베개뿐, 표트르는 온데간데없었다.
007은 허탈하게 중얼거렸다.

"얘는 이 밤중에 대체 어딜 싸돌아다니는 거야?"

"아무래도 뭔가 이상해."

한편, 그 시각 표트르는 섬 끝 감옥으로 향하고 있었다. 그는 한참이나 잠을 청해 보려 했으나 도무지 잠이 오질 않았다. 낮에 가둔 두 명의 죄수들 때문이었다.

'몇 번을 곱씹어 봐도 걔들은 거짓말을 할 애들처럼 보이진 않았어. 게다가 분명 내게 중요한 할 말이 있어 보였지. 무슨 말이었을까? 가둘 때 가두더라도, 그 말을 들어 봐야 이 찝찝함이 가실 것 같군.'

표트르는 걸음을 빨리했다. 사실 표트르가 이런 의구심을 가지게 된 것은 그의 꿈을 해석하던 노빈손의 진실됨 말고도 다른 이유가 있었다. 그건 바로, 얼마 전 그를 찾아온 소러시아의 사절 때문이었다. 소러시아의 헤트만은 그에게 자주 사절을 보냈지만 이렇게 갑작스레 파견한 적은 없었다. 게다가 그 사절의 행동거지는 어딘가 부자연스럽고 수상한 구석이 있었다.

표트르는 "흐음" 하고 낮은 신음을 뱉으며, 어느새 당도한 감옥을 바라보았다.

"헉헉, 폐하 아니십니까!"

급하게 뛰어온 모양인지 숨을 헐떡이며 소러시아 사절이 알은체를 했다. 표트르는 의심스런 눈으로 그를 바라보았다.

"이곳에서 뭘 하고 있었소?"

"아… 그게… 산책을 좀……."

"산책이라고? 이 시간에 말이오?"

표트르는 눈을 번쩍이며 추궁하듯 물었다. 순간 소러시아 사절의 얼굴에 당황스러운 빛이 떠올랐으나 이내 특유의 능글맞은 미소를 지으며 말했다.

"네, 그렇습니다. 두 명의 첩자가 이곳에 갇혀 있다고 생각하니 폐하의 신변이 걱정되어 잠이 오지 않더군요. 헤트만께서도 심려가 많으실 겁니다."

표트르는 사절을 빤히 바라보았다.

'한밤중에 산책이라. 역시 수상하군.'

하지만 아직 추궁할 만한 증거는 없었다. 표트르는 덤덤한 표정으로 사절에게 말을 건넸다.

"그래, 그 마음은 참 고맙구려. 그리고 보면 헤트만이 내게 사절과 정교의 사제들을 파견한 것이 지난 성탄 이 주일 전쯤이었던 것 같은데, 혹시 그들에게서 이야기를 들으셨소? 우리는 며칠 밤을 먹고 마시며 즐겼는데 말이오. 시국이 좋지 않아 그대에겐 그렇게 해 줄 수 없어서 미안하오."

사절은 어깨를 으쓱하며 아쉬운 듯 말했다.

"다른 사절에게 들었습니다. 술, 고기, 치즈가 풍성한, 훌륭한 러시아식 파티였다고 하더군요. 저도 작년 12월 성탄절에 왔더라면 좋았을 텐데요."

그 말에, 앞서 가던 표트르가 걸음을 우뚝

했더만? 헤트만?

15세기에 소러시아(지금의 우크라이나)에 살고 있던 코사크족은 나라를 세우지 못하고 군대를 조직하여 소러시아 지역을 다스리고 있었다. 헤트만은 코사크족의 군대 사령관을 가리키며, 선거로 선출되었다. 코사크족은 헤트만을 앞세워 자치권을 지키려고 했으나 18세기 중반에 결국 폴란드와 러시아에 나뉘어 흡수되었다.

멈췄다.

'술, 고기, 치즈가 나오는 12월의 성탄절 파티라고?'

표트르는 날카로운 눈으로 소러시아의 사절, 아니 007을 돌아보았다.

"우리 정교인들은 성탄절을 앞두고는 며칠 동안 금식을 하지. 특히 술과 고기를 먹지 않아. 12월에 성탄을 맞는 것은 그레고리력을 사용하는 가톨릭 국가들뿐이다. 율리우스력을 사용하는 러시아의 성탄은 13일 늦은 1월 7일이야! 만약 네가 소러시아의 사절이라면 그것을 모르지는 않을 텐데?"

007은 아차 싶었다. 꼼짝없이 표트르의 유도 심문에 걸려들고 만 것이다. 역시 상대는 만만한 인물이 아니었다. 007은 침을 한번 삼키고는 허리춤에 찬 칼에 손을 가져갔다.

표트르가 007을 매섭게 노려보며 물었다.

"너는 누구냐?"

007이 쥐어 든 칼이 섬뜩하게 빛났다.

그레고리력

그레고리력은 교황 그레고리우스 13세가 율리우스력의 오차를 수정해서 백성에게 알린 것으로 오늘날 거의 모든 나라에서 통용된다. 율리우스력은 1년을 365.25일로 치지만 그레고리력은 1년을 365.2425일로 한다는 점이 다르다. 율리우스력처럼 4년마다 윤년은 그대로 두되 100으로 나누어지는 해는 윤년을 없애고, 400으로 나누어지는 해를 윤년으로 정했다.

노빈손의 타이타닉 탈옥 작전

"이 바보! 이러면 뚫린 구멍으로 바닷물이 들어오잖아! 도대체 뭐하는 짓이야?"

아나스타샤는 감옥 벽의 벽돌을 몇 개 빼낸 후, 담장 구멍을 넓히고 있는 노빈손을 보며 발을 동동 굴렀다. 환풍구까지 닿을 방법을 궁리하라고 했더니 아직도 개구멍 탈옥 작전에 미련을 버리지 못한 게 분명했다.

"바닷물이 안으로 들어온다! 바로 그게 내가 바라는 거야. 바닷물이 바로 우리의 탈옥 도구라고, 아나스타샤!"

"그게 무슨 소리야? 바닷물이 탈옥 도구라니. 네가 감옥에 있더니 머리까지 이상해졌구나?"

"쯧쯧. 빠삐용도 울고 갈 탈옥의 천재 노빈손을 뭘로 보고 그런 섭한 말씀을. 생각해 봐. 곧 밀물 때가 되면 바닷물이 감옥 안으로 들어오겠지. 천천히 차오른 바닷물은 감옥 안을 가득 메울 거야. 그럼 어떻게 될까?"

"뭘 어떻게 되긴 어떻게 돼. 우리가 소금물에 절여지겠⋯⋯. 아⋯ 아니⋯ 혹시?"

아나스타샤는 노빈손이 설명한 상황을 머릿속에 그려 보았다. 그러고는 무언가를 깨

율리우스력
율리우스력은 로마의 정치가 율리우스 카이사르가 기원전 46년에 제정한, 날짜를 세는 법이다(역법). 이 역법은 1년을 365.25일로 계산하고, 4년마다 366일이 되는 윤년을 두고 있다. 율리우스력으로 계산하면 실제 1년보다 0.0078일 더 길어지고, 400년이 지나면 3일 앞당겨지기 때문에 훗날 '그레고리력'을 만들었다.

달았다는 듯 박수를 쳤다.

"아! 알겠어. 우리가 물에 빠져 숨이 꼴딱 꼴딱 넘어가면 119가 오겠구나? 그럼 구급차 타고 탈출하는 거?"

"지금 영화 찍냐? 가득 차오른 물이 우리를 천장까지 밀어 올려 줄 거 아냐! 사다리 없이도 말이야!"

"어멋, 너 제법 머리 쓰고 사는구나!"

"이건 물의 부력을 이용한 거야! 일명 노빈손의 타이타닉 탈옥 작전!"

곧 해가 지고 밀물 때가 되자 계획대로 감옥 안으로 바닷물이 들어오기 시작했다. 날이 어두워지자 감옥 안은 완전히 물에 잠겼다. 노빈손과 아나스타샤는 차오른 물속에서 헤엄쳐, 환풍구까지 올라가려 안간힘을 썼다.

"어푸! 어푸! 어푸! 흐읍!"

노빈손은 연신 물을 먹으며 미역처럼 흐느적댔다. 반면 아나스타샤는 한 마리의 인어같이 예쁜 곡선을 그리며 매끈하게 올라갔다. 환풍구에 다다른 아나스타샤는 쇠창살을 뜯어내려 손을 뻗었다. 그러나 헤엄치느라 힘이 빠진 탓에 생각처럼 쉽지 않았다.

시간은 속절없이 흘러만 가고 둘의 정신은 점점 혼미해져 갔다. 노빈손은 서서히 몸이 가라앉는 걸 느꼈다.

헤엄칠 필요가 없는 바다가 있다고?

이스라엘, 팔레스타인, 요르단의 국경에 있는 바다, 사해(死海). 세상에서 가장 낮은 바다(평균 수심 118m)이며 세상에서 가장 염도가 높다. 일반 바닷물보다 10배가량 높은 염분 때문에 물고기가 살지 않아 죽은 바다라는 이름이 붙었다. 물이 흘러들어오기만 하고 나가지는 않는 특이한 구조다. 여기서 물에 빠져 죽는 건 불가능한 일! 높은 염분 덕분에 몸이 저절로 뜨기 때문이다. 수온이 28℃ 정도로 따뜻한 편이니 얼어 죽는 일도 있을 수도 없다고.

'아아. 안 돼. 여기서 침몰할 수는 없어! 아직 「암내의 유혹」 마지막 회도 못 봤단 말이야. 프로야구도 곧 시작될 테고…….'

그때 구원처럼 쇠창살이 팍 하고 뜯어지는 소리가 났고, 환풍구 바깥으로 컴컴한 하늘이 보였다. 아나스타샤는 잽싸게 바깥으로 몸을 내밀었다.

"푸헛! 노빈손! 내 손을 잡아!"

아나스타샤는 창턱을 잡은 채 손을 내밀었다. 노빈손은 안간힘을 다해 손을 뻗었지만 아나스타샤에게 닿을 듯 말듯 자꾸만 미끄러졌다. 노빈손은 까무룩 가라앉는 정신을 부여잡으며 간절히 빌었다.

'조금만 더! 제발! 말숙아! 힘을 줘!'

밝혀지는 진실

"후후 좋아. 곧 저승길 오를 분에게 이름 정도는 알려 드려야겠지. 내 이름은 007. 칼 12세의 명을 받들어 당신의 목숨을 앗아가려는, 이 업계 최고의 스파이다!"

007이 신분을 밝히자 표트르는 입술을 꽉 깨물었다. 역시 예상이 틀리지 않았다. 검을 뽑은 채 자신의 앞으로 다가오는 007을 피해 표트르는 한 걸음 뒤로 물러났다. 그러고는 분노에 찬 목소리로 호통을 쳤다.

"감히 네놈이! 그렇다면 옥에 갇힌 자들은 누구냐?"

"당신의 목숨을 구해 주려는 자들이겠지! 어차피 그 노력은 전부 물거품이 되었지만. 후후. 강한 러시아를 향한 당신의 열정 역시 산산조각이다! 굿바이 표트르!"

007은 단숨에 표트르를 향해 칼날을 들이댔다. 표트르는 날쌔게 몸을 피해 보았으나 헛수고였다. 날렵한 007의 칼날은 어느새 그의 목 바로 앞까지 와 있었다. 표트르의 머릿속에는 그의 꿈들이 파노

라마처럼 스쳐 지나갔다.

'상트페테르부르크, 발트 해! 안 돼! 나의 염원이 이렇게 허무하게 사라질 수는 없어!'

표트르는 눈을 질끈 감았다. 모든 게 끝나는 순간이었다. 그때 갑자기 어디선가 커다란 굉음이 들렸다.

"뭐, 뭐지?"

고개를 들어 감옥 쪽을 바라보자 눈앞에 놀라운 광경이 펼쳐지고 있었다. 감옥 천장에서 물이 폭죽처럼 솟구치는 것이었다.

물살 속에서 찢어지는 듯한 비명이 들렸다.

"으아아아악! 노빈소… 손! 흐업, 헉… 살려!"

바로 노빈손의 목소리였다.

노빈손이 아나스타샤의 손을 잡지 못하고 가라앉으려는 찰나, 감옥 안으로 들어온 거대한 파도가 노빈손을 천장 위로 밀어 올린 것이었다.

물에 빠진 생쥐 꼴이 되어 감옥 지붕 위로 올라간 노빈손은 숨을 헐떡이며 아래를 내려다보았다.

"휴, 하마터면 물귀신이 될 뻔했잖아. 어, 그런데… 너… 넌 국제번호 00700!"

표트르에게 칼을 겨눈 007을 발견한 노빈손은 눈을 크게 떴다.

"007이라니까! 끈질긴 민둥머리! 네놈이

발트 해

발트 해는 스칸디나비아 반도와 북유럽, 동유럽, 중앙유럽, 그리고 덴마크의 섬들로 둘러싸여 있는 바다다. 발트 해는 북해와 대서양으로 나가는 통로였기 때문에, 발트 해를 차지하는 사람이 자연히 북유럽의 최강자가 되었다. 북방전쟁이 일어난 18세기 초 발트 해를 차지하고 있던 최강자는 바로 스웨덴이었다.

타이타닉의 레오나르도 빚갚으리오라도 되냐! 어째서 물속에서 나
타나는 거야!"

"흥, 타이타닉호는 침몰했지만, 나 노빈손과 아나스타샤는 절대
가라앉지 않는다, 이거야! 음하하하핫!"

위풍당당하게 외친 노빈손은 아나스타샤와 함께 정의의 사도처
럼 달빛을 등지고 섰다.

하지만 그것도 잠시, 발아래가 불길하게 흔들리면서 커다란 파도
소리가 들려왔다. 설마? 둘은 천천히 감옥 안을 내려다보았다. 아
까와는 비교도 되지 않는 엄청난 양의 바닷물이 감옥에서 솟구쳐
올라왔다.

"으아아아아아아아악! 사람 살려!"

노빈손과 아나스타샤는 고래고래 소리를 질렀다. 이때다 싶어 표
트르는 잽싸게 몸을 피했다. 그러나 이상하게도 007은 고막이 따가
울 정도로 비명만 지를 뿐 돌처럼 굳은 채 꼼짝도 하지 않았다.

"아아! 난 물이 싫어! 벌써 두드러기가 돋는 것 같다구!"

007은 노빈손을 쫓다 바다에 빠진 후부터 극심한 물 알레르기를
앓고 있었던 것이다. 새하얗게 질려 있는 007의 머리 위로 물 폭탄
이 쏟아져 내렸다.

"으아아아아아아아아아!"

그것으로 끝이 아니었다. 물벼락에 이어 물에 불어 몇 배는 무거
워진 노빈손과 아나스타샤가 물살에 미끄러져 007 위로 쿵 하며 떨
어졌다.

007은 쥐어짜 내는 듯한 신음을 내질렀다.

"커! 커억!"

"흐어! 쿨럭! 하아, 살았다. 으, 근데… 무
거워."

"뭐라고? 새털같이 가벼운 아나스타샤 님
에게 할 소리야?"

007을 쿠션 삼아 추락한 노빈손과 아나스
타샤는 투닥거리며 일어났다. 그러나 물과
노빈손 그리고 아나스타샤의 3연타를 맞은
007은 잠시 멍해 있었다.

바닷물이 어는 온도는?
우리나라의 바다는 얼지 않지만
엄청난 강추위가 몰아닥치는 북극
이나 남극의 바다는 겨울이면 빙
판으로 변하곤 한다. 그렇다면 바
닷물은 몇 도에서 얼까? 보통 물
은 0℃에서 얼지만, 바닷물에는
소금이 들어 있어 어는점이 2℃가
량 더 낮다. 즉, 영하 1.91℃ 정도
가 바닷물의 빙점인 셈. 하지만
바람과 해류의 영향으로 실제로는
이보다 훨씬 더 낮아야만 바닷물
이 어는 광경을 볼 수 있다.

'여긴 어디? 나는 누구?'

산전수전 다 겪은 스파이답게 007은 금방 정신을 추스르고 울분을 삼켰다.

'세계 최고의 스파이인 내가 물 따위를 무서워하다니. 이게 다 이 민둥머리 녀석 때문이다!'

그는 이를 부득부득 갈며 바닥에 떨어뜨렸던 검을 다시 쥐었다. 그러곤 물에 잔뜩 젖어 얼떨떨한 표정을 짓고 있는 노빈손을 향해 빠르게 돌진했다.

"받아라! 노빈손!"

노빈손은 너무 놀라 입을 쩍 벌렸다.

"허억? 흐어어어업! 우… 웩!"

잔뜩 긴장한 노빈손이 뱉은 것은 비명이 아니라 뱃속에 가득 차 있던 물이었다. 가뜩이나 온몸에 두드러기가 돋은 상태였던 007은 얼굴로 쏟아진 물에 아연실색을 하며 검을 놓치고 말았다.

노빈손은 계속해서 끅끅 대는 소리를 내며 물을 토해 냈고 정신이 반쯤 나간 007은 괴성을 지르며 뭍 쪽으로 내달렸다.

"자네들 괜찮나? 저 녀석 말만 믿고 감옥에 가둬서 미안하네. 사과하지."

표트르가 급히 노빈손과 아나스타샤에게 다가왔다.

사과도 없는 1월이 새해라니!
원래 러시아는 천지창조의 순간부터 시간을 계산하여 9월부터 새해가 시작된다고 정했다. 표트르가 1월부터 시작하는 유럽식의 달력으로 개정하려 하자 많은 사람들이 극도로 흥분하여 반론을 폈다. 러시아정교 측에서는 새해의 출발은 사과가 익은 9월에서 시작해야 마땅하다고 주장했는데, 만약 1월부터 새해가 시작된다면 사과도 없는데 어떻게 뱀이 하와를 유혹할 수 있었겠냐는 게 그 근거였다.

"물을 좀 많이 먹기는 했지만 괜찮습니다."

노빈손은 진지하게 차르 앞에 한쪽 무릎을 꿇었다. 지금이야말로 모든 것을 고할 시간이었다.

"폐하, 저희가 이곳에 온 것은 칼 12세의 암살 음모를 고하기 위해서입니다. 칼 12세는 스파이를 보내 폐하를 처치한 후 모스크바로 진격할 거라 했습니다. 부디 저희의 말을 믿어 주세요."

표트르는 손을 내밀어 노빈손을 일으켜 세웠다.

"믿네. 자네들이 내 목숨을 구하지 않았나? 이제 칼 12세의 흉계도 알았으니 군대를 재정비해 떠나겠네. 자네들도 나와 함께 가겠나?"

노빈손과 아나스타샤는 동시에 힘차게 대답했다.

"물론이죠, 폐하!"

러시아와 스웨덴, 두 나라의 운명을 건 승부가 시작되려 하고 있었다.

표트르 대제 전격 해부

	표트르 대제		
	성명	표트르 1세. 애칭 : 피터(네덜란드식 이름)	
	생년월일	1672년 6월 9일	
현 직업	로마노프 왕조 제4대 차르		
키	2미터에 가까운 장신	외모	나는 잘 모르겠는데, 남들은 미남이라고 하더군.
특이사항	이틀 밤을 새도 끄떡없는 무한 체력		
성격	호쾌하고 괄괄함. 화가 나면 물불 가리지 않을 때도 있으나, 한번 마음 먹은 것은 무조건 해내고야 마는 성격. 장난기도 많고 악의 없이 놀리는 것도 좋아함.		
좌우명	불가능, 그것은 아무것도 아니다.	특기	배 만들기, 스포츠 전반
다녀온 나라	네덜란드, 프로이센, 영국, 오스트리아, 베네치아, 폴란드 등	구사 언어	러시아어, 영어, 프로이센어, 네덜란드어
취득자격증			
네덜란드 조선소에서 목수로 일함 : 장인에게 1급 조선수 자격증을 수여받음 프로이센에서 고위 지휘관에게 대포 조작술을 익힘 : 포병수 1급 자격증 취득 해부학과 의학 수업을 참관. 영국에서 영국 해군의 명예 제독이 됨			

nothing impossible 1

한 나라의 황제가 오랫동안 자리를 비우고, 다른 나라로 탐방을 가는 것이 가능할까?

물론, 표트르 1세에게는 가능하지. 단독 차르에 오른 표트르는 러시아를 부강하게 만들겠다는 꿈을 가지고, 주위 신하들과 가족들의 만류에도 불구하고 여행단을 꾸려 서쪽으로 떠났어. 그는 네덜란드, 프로

이센, 영국, 오스트리아, 폴란드를 돌면서 여러 분야의 지식을 쌓았고, 그 분야의 종사자보다 더 뛰어난 능력을 보이기까지 했어. 그는 러시아로 돌아온 뒤, 여행에서 배운 것들을 러시아 사회를 개혁하는 데 활용하지.

 # 에피소드 **저 시체의 힘줄을 입으로 물어뜯어라!**

프로이센에 도착한 표트르 1세는 보오르하베의 외과 교실에서 해부학 강의를 듣게 돼. 표트르 1세는 눈을 빛내며 강의를 듣고 있었지만, 그의 일행들은 연신 시체 관찰을 기피했지. 일행의 태도에 화가 난 표트르 1세는 느닷없이 외쳤어. "저 시체의 힘줄을 입으로 물어뜯어라!" 표트르 1세는 신하들에게 역겨움 따위에 굴하지 말고, 서유럽의 선진

문화와 과학을 많이 배워야 한다는 뜻에서 이렇게 명했던 거야. 그의 괄괄한 성미와 나라를 생각하는 마음은 정말 대단하지?

늪지대에는 도시를 지을 수 없다?

표트르 1세의 시대에 지어진 상트페테르부르크는 네바 강 하구의 늪지대에 지어진 도시 야. 처음 표트르 1세가 그곳에 도시를 짓겠다고 했을 때, 모두 들 불가능한 일이라며 그를 비웃 었지. 하지만 표트르 1세는 늪지

대에 오두막을 짓고 살면서 노동자들과 건축가들을 독려했어. 그런 노 력 끝에 100여 개의 섬이 365개의 다리로 이어진 세계에서 가장 아름 다운 도시가 탄생한 거야.

● **표트르 1세는 왜 상트페테르부르크를 건설했을까?**
표트르 1세는 러시아의 오랜 수도였던 모스크바가 가진 특유의 폐쇄성과 구 시대적인 풍경을 무척 싫어했어. 그는 유럽과 통하는 바다인 '발트 해' 근처 에 새로운 수도를 짓고 그곳을 발전된 문물들로 채우기를 바랐지. 즉, 표트르 1세에게 상트페테르부르크는 단순한 도시가 아니라 '유럽으로 향하는 창'이 자 새로운 러시아의 상징이었던 셈이야.

의혹 ① 어릴 적에는 공부에 관심이 없고 그저 놀기 좋아하는
개구쟁이 소년이었다?

맞네. 나는 어릴 적에는 전혀 공부에 관심이 없는 장난꾸러기였
지. 10살 때 차기 황제로 결정되었으나 이에 반대한 이복누나
소피아가 쿠데타를 일으켰지. 덕분에 나는 10대 내내, 소피아
공녀의 감시 아래, 그저 이름뿐인 차르 노릇을 해야 했어.

암울했던 시간을 나는 시정잡배들과 어울리거나 전쟁 놀이를
하며 보냈다네. 주위 귀족들로부터 차르의 위엄이 없다며 손가
락질도 많이 받았지. 하지만, 그건 소피아 공녀를 방심시키기
위한 나의 계책이었어. 나에게 황제의 자질이 전혀 없다고 생각
한 소피아 공녀는 전쟁 놀이용 요새를 지어 주기도 했거든.

나는 그 요새에서 틀에 박힌 공부에서 벗어나 실전 지식들을 습
득하며 힘을 키웠지. 그러곤 다시 쿠데타를 일으키려는 소피아
공녀를 몰아내고, 단독 차르의 지위에 올랐다네. 내가 관습과
격식에 얽매이지 않은 과감한 개혁을 실행할 수 있었던 것도,
어린 시절의 자유로운 행동들 때문이야.

의혹 ② 긴 수염을 혐오하여 러시아 귀족들에게 수염세를 받고
심지어는 직접 수염을 잘라 버리기도 했다?

나는 털을 혐오해서 귀족들에게 수염세를 받은 게 아니야. 내가
잘라 버리고 싶었던 건 귀족들의 수염이 아니라 그들의 낡은 관
념이었네. 17세기와 18세기 초, 러시아는 꽉 닫힌 국가였어. 서
유럽의 국가들은 이미 중세를 지나 근대에 접어들고 있었는데,
러시아의 귀족들은 아직도 중세의 보수적인 생각에 젖어 자신
들의 기득권을 지키기 바빴지. 그런 분위기에서 개혁이 가능할
리가 없다고 생각한 나는, 직접 가위를 들고 구식 관념의 상징

인 그들의 수염을 싹둑 잘라 버렸지. 귀족들에게 일종의 선전포고를 한 거였다고나 할까? 내 개혁을 따르라는 강건한 의지를 전한 거야.

의혹 ③ 표트르 차르는 자신의 아들인 알렉세이를 아주 매정하게 내쳤다?

안타깝게도 내 아들 알렉세이와 나는 예전부터 기질이 맞지 않았어. 강하고 모든 일을 불같이 추진했던 나와 달리, 아들은 조용하고 유약한 성품이었거든. 게다가 알렉세이는 내가 추진하는 개혁들을 받아들이지 못했고, 이 나라의 귀족들처럼 보수적인 문화를 좋아했네. 결국 나는 알렉세이에게 내 말을 듣지 않는다면, 황태자의 자리를 박탈하겠다는 최후의 선언을 했고, 내 아들은 오스트리아로 망명했어. 결국 고국으로 돌아오긴 했지만, 얼마 되지 않아 죽었다네. 세간에는 내가 돌아온 알렉세이에게 매질을 했다느니, 독을 썼다느니, 온갖 괴소문이 많지만 아들을 죽일 아비가 어디 있겠는가? 알렉세이 장례식에서 얼마나 많은 눈물을 흘렸는지 몰라. 이 모든 게 러시아를 부강하게 만들기 위해 내가 치러야 할 대가였다고 생각하려고 해. 내가 차가운 남자였을 수도 있지. 하지만 내 조국에게는 한없이 따뜻한 차르였다고!

두 걸음 전진을 위한 한 걸음 후퇴

　국경에서 얼마 떨어지지 않은 마을, 모길레브에 도착한 러시아군은 오랜만에 지친 말들을 먹이며 막사를 쳤다. 함께 온 노빈손도 일을 거들었다. 한데 이상하게도 이곳에 도착한 이후, 아나스타샤가 보이지 않았다. 밥이라면 자다가도 벌떡 일어나는 아나스타샤가 저녁 식사 때까지 안 나타나자 노빈손은 불안했다.

　자정이 다 되어 갈 무렵, 저 멀리서 아나스타샤가 풀이 죽은 얼굴로 터벅터벅 걸어 오는 것이 보였다.

　"아나스타샤! 밥도 안 먹고 어디 갔었어?"

　노빈손의 물음에 아나스타샤는 우울한 얼굴이 되었다.

　"혹시 어디 아파?"

　"그게 아니라, 하루 종일 아빠를 찾아서 군대 안을 돌아다녔어. 그런데 아무리 찾아도 아빠 모습이 보이질 않아. 분명 여기 어딘가에 계실 텐데. 계셔야 할 텐데……."

　아나스타샤는 혹시라도 아버지가 벌써 세상을 떠나신 게 아닌가 하는 걱정을 하고 있는 것이 분명했다.

　"아나스타샤, 이곳 말고도 북쪽에 주둔하고 있는 군대가 있잖아. 거기 계신 게 아닐까? 혹시 모르니 지금 같이 다시 찾아볼까?"

　아나스타샤는 노빈손을 만류하며 손을 내저었다.

　"내가 온종일 수소문을 해 봤지만, 우리 아빠는 여기 안 계신 것 같아. 아마 네 말대로 북쪽에 계시겠지. 그러니 오늘 밤, 넌 폐하께 가서 힘이 되어 드려. 이것저것 고민이 많으신 거 같더라."

아나스타샤는 애써 밝은 표정을 지으며 노빈손을 차르의 막사 쪽으로 떠밀었다. 노빈손은 무거운 걸음으로 표트르를 찾아갔다.

"폐하, 주무세요?"

"아니, 들어오게나."

노빈손이 막사 안으로 들어서자 표트르가 반갑게 맞았다. 그는 전투 전략을 구상 중이었는지 커다란 지도를 탁자 위에 펼쳐 놓고 있었다.

"폐하, 심려가 많으시겠어요. 칼 12세의 군대가 무척 탄탄하다면서요? 오늘 있었던 소규모 전투에서도 스웨덴군과 싸우다가 퇴각했다고 들었고……."

표트르는 껄껄 웃으며 고개를 내저었다.

"심려라니. 원래 약한 적보다는 강한 적에게 배우는 것이 많은 법이네. 상대가 칼 12세라면 더더욱 그렇지. 우린 그에게서 배운 교훈을 가지고 내일은 꼭 승리할 거라네."

표트르의 자신감 넘치는 대답에 노빈손은 적잖이 감동했다. 역시 낫띵 임파서블 표트르. 그는 '포기'라는 단어를 배추 셀 때도 쓰지 않을 남자였다.

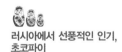

러시아에서 선풍적인 인기, 초코파이

구소련이 붕괴된 후, 지금의 연해주 지역에 살고 있는 한국 동포들을 통해 많은 한국 식품이 러시아에 전해졌는데 그중에서도 한국의 초코파이는 선풍적인 인기를 끌었다. 싸고 맛 좋은 초코파이가 단 것을 좋아하는 러시아 사람들의 입맛을 사로잡은 것. 지금도 러시아의 상점에서는 초코파이를 쉽게 구입할 수 있다.

"그럼요, 분명 그렇게 될 거예요. 두 걸음 전진을 위한 한 걸음 후퇴라는 말도 있잖아요?"

노빈손은 오래된 격언을 인용하며 표트르를 격려했다.

"두 걸음 전진을 위한 한 걸음 후퇴라. 그거 참 좋은 말이군. 후퇴… 후퇴라……."

표트르는 깊은 생각에 잠겼다. 그러고는 테이블 위 지도를 한 번 더 보았다. 지금 러시아군이 머물고 있는 모길레브 저편에는 광대한 유라시아 평원이 펼쳐져 있었다. 만약 이 넓은 평원을 등지고 후퇴를 한다면? 그의 머릿속에 무언가가 번쩍! 하고 떠올랐다.

"평원과 후퇴라. 호오, 그래! 그렇게 하면 되겠군! 노빈손! 역시 자네는 내 아이디어의 고구마 밭이야. 고구마 줄기처럼 캐도 캐도 나오는군."

노빈손은 표트르의 칭찬에 영문도 모른 채 우쭐했다.

"저도 가끔 제가 무서워요. 너무 영리해서요. 하하. 그런데 무슨 좋은 작전이라도 떠오른 거예요?"

표트르는 노빈손에게 귓속말로 자신이 구상한 이중 작전을 들려주었다. 그 작전은 무척 주도면밀했고, 노빈손도 작전에서 중요한 역할을 맡게 되었다.

"헉, 그럼 아나스타샤와 저는 폐하의 명을

누구를 위해 종을 울리나?
크렘린 내에 있는 황제의 종은 세계에서 가장 커다란 종이다. 무려 무게만 202t, 높이 6.16m, 지름 6.6m에 달한다. 하지만 이 책에 나오는 '위기에 처하면 울리는 종'과 달리 황제의 종소리는 아무도 들어 본 적이 없다. 왜냐하면 이 종을 만드는 과정에서 화재가 발생했고 불을 끄다가 물방울이 종 안에 들어가 종이 깨지고 말았기 때문이다. 결국 종의 일부분이 떨어져 나가, 이 황제의 종은 영영 소리를 낼 수 없게 되었다고.

전달하기 위해서 아무도 모르게 북쪽에 있는 부대로 이동해야겠군요? 지금 당장 떠날게요!"

노빈손은 신이 나서 외쳤다. 북쪽에 도착해 차르의 명을 수행한 뒤에는 아나스타샤의 아버지를 찾을 시간이 충분히 있을 것이라는 생각 때문이었다.

표트르는 품속에서 무언가를 꺼내 노빈손에게 건넸다.

"가기 전에 이걸 받아 두게."

표트르가 내민 것은 작은 종과 쌍두독수리 문양이 박힌 단검이었다.

"이것은 이 나라 차르에게 대대로 내려오는 종과 단검이네. 이 종은 위기 때마다 소리를 내 주인을 지켜 준다는 전설이 있고 이 단검은 이 나라 황실을 상징하지. 비록 자네들과 함께 가진 못하지만, 이 종과 검이 자네들을 보호해 줄 걸세."

노빈손은 감동하며 무릎을 꿇고 그것을 공손히 받았다.

모두가 잠든 고요한 러시아의 밤, 북쪽을 향해 떠나는 노빈손과 아나스타샤 그리고 비밀 부대. 그들은 아직 모르고 있었다. 그들을 따라 재빠르게 수풀 속에서 몸을 놀리는 한 남자가 있음을.

작전 개시

"폐하, 러시아 군대가 후퇴하고 있다고 합니다!"

"뭐라고? 그게 정말이냐?"

다음 날 아침, 칼 12세는 일어나자마자 들려온 놀라운 소식에 귀를 의심했다. 그는 부하에게 다시 한 번 확인한 후, 기쁨을 감추지 못했다.

'아직까지 첩자가 도착하지 않은 걸 보니 표트르의 암살에 실패한 모양이지만, 이젠 상관없어. 표트르가 있든 말든 어차피 러시아군은 오합지졸이다. 왜 나는 지금껏 저런 군대를 겁냈단 말인가! 으하하하.'

그는 자신감에 찬 목소리로 명령을 내렸다.

"추격해라! 내친 김에 러시아군의 씨를 말려 버리고, 바로 러시아 본토로 향하자!"

"군량미를 가지러 간 레벤하프트 장군이 아직 도착하지 않았습니다. 군량미 없이 오래 싸울 수는 없습니다, 폐하. 게다가 폐하의 부상이 아직 낫지 않았잖습니까."

장군들의 만류에 칼 12세는 잠시 멈칫하다가, 이내 단호하게 지시했다. 식량을 기다리다가 때를 놓칠 수는 없었다.

"레벤하프트 장군에게는 전령을 보내 우리를 뒤따라오라고 전해라. 우리의 꿈이 바로 눈앞에 있는데 머뭇거릴 수는 없지!"

칼 12세는 자리에서 일어나 장군들과 병사들을 격려했다. 스웨덴이 북방의 패자로 떠오를 날이 바로 눈앞에 온 것 같았다.

반면, 러시아군은 계속해서 후퇴 중이었다. 러시아 총지휘관 표트르는 군대를 끌고 유라시아 평원을 가로지르고 있었다.

부하 중 한 명이 표트르에게 다가와 속삭였다.

"폐하, 칼 12세가 추격을 시작했습니다."

"아, 그럼 내가 명한 대로 시행하게!"

이제 활시위는 당겨졌다.

'모든 게 다 내 계획대로 되어 가는군. 나머지는 자네를 믿겠네, 노빈손!'

군량미를 포획하라!

표트르의 군대가 유라시아의 평원으로 후퇴하고 있을 무렵.

"쾅!"

"이런! 기습이다!"

러시아의 한 마을 레스나야에서는 천지를 진동시키는 커다란 대포 소리가 울려 퍼졌다. 군량미를 운반 중이던 스웨덴 장군 레벤하프트는 뒤늦게 사태를 파악했지만, 돌이키

날 버리고 가면 발병 난다고

아담 레벤하프트는 스웨덴군의 가장 유능한 장군이자, 군의 원수였다. 칼 12세는 그에게 군량미를 싣고 오라는 명령을 내린 후, 자신은 골로브친에서 러시아군과 맞서 싸웠다. 골로브친에서 승리를 맛본 칼 12세는 결정적인 실수를 저지르는데, 바로 레벤하프트 장군을 기다리지 않고 조급히 러시아군을 뒤쫓은 것이다. 칼 12세의 실수 하나 때문에, 스웨덴군은 군량미를 잃고 넓은 유라시아 평원에 고립된다.

기에는 이미 늦어 버렸다. 표트르는 꽁무니를 빼는 척하며 적을 방심시킨 후 스웨덴의 모든 식량 보급을 끊어 버리려고 북쪽에 주둔한 군대 중 일부를 비밀리에 움직인 것이었다. 일명 '밥 없으니 용용 죽겠지 작전'. 노빈손과 아나스타샤는 그 작전을 전달하는 역할을 맡았던 것이다.

불의의 공격에 놀란 레벤하프트는 후퇴하면서 명령했다.

"러시아군의 기습이다! 숲 속 창고로 가서 식량을 챙겨라!"

그러나 이미 숲에는 표트르의 비밀 부대가 매복하고 있었다.

"무슨 소리! 식량은 단 한 자루도 못 가져간다!"

  그들은 본부대가 레벤하프트와 대원들을 공격하는 동안, 식량을 챙기러 오는 정예 부대를 막아섰다. 펄펄 나는 러시아군의 기세에 눌린 스웨덴군은 별다른 반격도 하지 못한 채 결국 도망치고 말았다.

  "밥용죽 작전 대성공! 식량을 빼앗겼으니 스웨덴군도 상당히 곤란하겠지?"

  노빈손과 아나스타샤는 만세를 부르며 기쁨의 포옹을 나누었다.

  "으하하하하. 그럼! 러시아 구경도 식후경이라는데, 밥이 없으면 싸울 기운이 나겠어? 우리 본부대가 도착하기 전에 창고에 얼마나 많은 식량이 있는지 들어가 보자!"

노빈손의 말에 아나스타샤는 고개를 끄덕였다. 승리의 여운에 취한 둘은 콧노래를 부르며 스웨덴의 식량 창고로 향했다. 나무로 지어진 창고 안에는 노빈손과 아나스타샤가 평생 동안 먹고도 남을 만큼의 식량이 빼곡히 쌓여 있었다.

"우아. 이거 봐, 노빈손. 엄청나다!"

"말에 가득 실어 옮기는 데만 해도 한참 걸리겠는데?"

노빈손은 있는 힘껏 식량 한 포대를 들어 올렸다.

"아이고, 힘들다. 이거 거의 말숙이 무게랑 맞먹네. 너도 한번 들어 봐, 아나스타샤. …아나스타샤?"

아무런 대답이 없었다. 노빈손은 의아한 표정으로 주변을 둘러보았다. 하지만 아나스타샤의 모습은 어디에도 보이지 않았고, 식량 창고의 내부는 불길할 만큼 고요했다. 노빈손은 침을 꿀꺽 삼킨 후, 다시 불러 보았다.

"아나스타샤!"

"자자, 그만 부르라고."

웬 남자의 목소리에 급히 뒤를 돌아본 노빈손은 새하얗게 질리고 말았다. 아나스타샤가 괴한에게 칼로 위협받고 있었던 것이다. 놀란 노빈손에게 괴한은 달갑지 않은 인사를

북방전쟁의 주요 전투지들
그로드노-프라우슈타트-칼리시
-골로브친-말라티체-레스나야
-코니에폴-폴타바.
그로드노에서 칼 12세의 전격전에 힘입어 스웨덴군 승, 러시아군 퇴각➡ 러시아군의 본부대가 모여 있는 골로브친에서 다시 스웨덴군의 승, 러시아군 퇴각➡ 모길레브로 퇴각한 러시아군은 일부러 후퇴하기 시작, 후퇴하면서 평원에 불을 지름➡ 러시아군의 레스나야 기습 공격. 스웨덴의 군량미 빼앗음➡ 러시아를 뒤쫓던 스웨덴군은 군량미 없이 유라시아 평원에 고립됨➡ 스웨덴군은 폴타바로 이동, 러시아의 추격➡ 소러시아의 폴타바에서 러시아군의 대승리➡ 폴타바 전투의 승리로 러시아군은 북방전쟁에서의 확실한 승기를 잡게 됨.

건넸다.

"후후, 오랜만이군."

익숙한 목소리에 노빈손은 단번에 그가 누구인지 알아차렸다. 그러나 온 세상의 미남들이 울고 갈 법한 그의 얼굴은 교통사고를 5번쯤 당한 장동건처럼 변해 있었다.

"세상에! 넌, 국제전화! 네가 여길……!"

"어떻게 왔냐고?"

007은 노빈손의 말을 잘라 먹으며 아나스타샤 쪽으로 한 걸음 다가섰다. 그러고는 겁에 질린 아나스타샤와 노빈손을 번갈아 보며 입꼬리를 올렸다.

"그래, 여기까지 너희를 찾아오는 게 결코 쉽지 않았지. 내가 어떤 고생을 했는지 너희는 모를 거야. 덕분에 내 얼굴도 피를 쪽쪽 빨아 먹힌 짐승처럼 변했지! 온몸에 돋은 두드러기와 싸우면서도 여기까지 찾아올 수 있었던 건 순전히 너희들을 향한 복수심 때문이었다! 이제 너희들은 끝이야! 먼저 이 여자애부터 없앤 후, 네 녀석을 보내 주지!"

007은 아나스타샤에게 바싹 칼을 들이댔다. 노빈손은 머릿속이 하얘졌다. 차르의 명도 성공적으로 수행했고 모든 것이 잘 풀려 가는 이 마당에 왜 저 남자는 또 등장한단 말인가. 「007, 네버 다이(never die)」, 그 영화의 제목은 진짜란 말인가!

노빈손은 입술을 깨물었다. 그렇다고 해도 이대로 당할 수는 없었다. 어떤 상황에서도 절대 죽지 않는 사나이라는 칭호는 사실

007보다 노빈손에게 더 잘 어울리니까.

"자… 잠깐! 내 말 좀 들어 봐, 007!"

우선 시간을 벌어 볼 요량이었다. 노빈손은 등 뒤로 흐르는 식은땀을 애써 숨긴 채 능청스레 이야기를 시작했다.

"이봐, 007. 당신은 얼굴이 망가졌다고 하지만 내가 보기엔 여전히 원반이나 서방신기가 울고 갈 만한 외모야! 그뿐인가, 당신은 아인슈타인급 머리에 키도 훤칠하고 심지어 유능하기까지 하지! 한마디로 당신은 엄마 친구 아들 같은 존재라고 할 수 있어!"

갑작스러운 노빈손의 칭찬에 007은 어리둥절했다.

'저 녀석이 식량 창고에 뿌려 놓은 쥐약을 주워 먹었나?'

"하–지–만."

말은 끝까지 들어 봐야 아는 법. 노빈손은 준비해 둔 직격탄을 날렸다.

"그런 당신에게도 없는 게 한 가지 있어. 당신은 그게 없기 때문에 나같이 별 볼일 없는 애한테 번번이 당하는 거야!"

"뭐?"

007은 반문하며 노빈손을 바라보았다.

'완벽한 내게 없는 거라니?'

노빈손은 손가락으로 아나스타샤를 가리켰다.

"그건 바로 본드걸이야!"

무조건 '아니오'라고 말하는 러시아인들

무언가를 부탁했을 때 러시아인들은 보통 '네트(아니오)'라고 대답한다. 이 때문에 러시아인들은 불친절하다는 인식이 퍼져 있다. 오랫동안 광활하고 추운 땅에서 살아왔기 때문에 러시아인들은 무척이나 신중하고, 쉽게 긍정의 의사를 표현하지 않는다. 하지만 이들과 좋은 인간관계를 한번 형성하고 나면 러시아 사람들은 쉽게 '다(예)'라는 대답을 들려준다.

"보오온드걸?"

"그래. 모든 비밀요원에게는 반드시 그 짝이 존재하지. 스파이를 도와주는 여자 파트너 말이야! 하지만 당신에게는 본드걸이 없어! 심지어 나에게도 말숙이라는 완벽한 본드걸이 있는데 말이지. 음하하하하!"

007은 지구가 돈다는 사실을 처음 알게 된 옛사람처럼 넋이 나간 표정이 되었다.

'그래, 스파이에게는 본드걸이 필요한 거였군!'

요즘 일이 잘 풀리지 않고, 마음 한구석이 적적했던 것도 전부 본 드걸이 없어서인 것처럼 느껴졌다.

그는 물끄러미 옆을 보았다. 그곳에는 방금까지 자신이 없애려고 했던 예쁜 아나스타샤가 있었다.

'그래. 이 소녀가 있었어! 이 정도 미모에, 이 정도의 배짱이면 내 본드걸로 손색이 없지.'

007은 본드걸과 멋지게 활약하는 자신의 모습을 그려 보았다. 콩 팥이 간질간질하고 팔에 힘이 빠지며 자기도 모르게 흐뭇한 미소가 번졌다.

바로 그때였다. 노빈손은 007의 손을 걷어차고 외쳤다.

"아나스타샤, 도망쳐!"

그 말이 떨어지기가 무섭게 노빈손과 아나스타샤는 창고 문으로 달리기 시작했다. 모든 것이 노빈손의 농간이었음을 알게 된 007은 분노로 몸을 떨며 맹렬히 둘을 추격했다.

"감히 네놈이 나를 농락해?"

"우에에엑!"

아나스타샤와 노빈손은 비명을 지르며 더 깊은 숲 속으로 뛰고 또 뛰었다. 007도 끈질기게 둘을 쫓아왔고, 셋은 한참이나 숨 막히는 추격전을 벌였다. 얼마나 달렸을까, 걸음

007 소속은 어디?
이 책에 등장하는 007은 영국 첩보 기관인 MI6 소속. 영국에는 MI6, 미국에는 CIA, 그렇다면 러시아에는? 바로 KGB! KGB는 소련이 국가 권력을 유지하기 위해 소련 국민과 외국인의 활동을 감시·통제하던 비밀경찰 및 첩보 조직이다. 오늘날 KGB는 러시아 연방안전국(FSB)으로 개편되었다. 〈007 시리즈〉를 보면, 이 KGB와 MI6 간의 첩보전이 흥미진진하게 펼쳐진다.

아 나 살려라 뛰던 둘은 멈추어 설 수밖에 없었다.

"세상에! 절벽이야."

"흐미!"

지금 발밑에 보이는 것은 천 길 낭떠러지였다. 둘은 앞으로도 내딛지도, 뒤로 물러나지도 못한 채, 겁에 질려 멈춰 섰다.

"후후후후. 잘 가라!"

007은 아무 망설임 없이 둘을 절벽 아래로 확 떠밀었다.

"으아아아아아~."

노빈손과 아나스타샤는 소리를 지르며 컴컴한 어둠 속으로 추락했다.

"으아아아아아! 노빈손 죽네! 말숙아! 엄마!"

 ## 괴짜 과학자, 이반 빠글로프

"노빈손, 노빈손!"

이것은 천사의 음성? 절벽에서 굴러떨어진 노빈손은 자신을 부르는 꿈결 같은 목소리를 들으며 생각했다. 천사는 천국으로 인도하려는 듯 그의 옷자락을 잡아끌었다. 노빈손은 온몸으로 거부 의사를 표현하며 연신 발버둥을 쳤다.

"천사님! 저는 가기 싫어요! 「노빈손, 천국에 가다」 편은 안 찍을 거예요. 으아아아아!"

"아니, 이 총각이 아직 정신을 못 차렸군. 쯧쯧. 어서 눈을 뜨게!"

"왈! 왈! 왈!"

자신의 흔들어 깨우는 매서운 손길에 노빈손은 눈을 번쩍 떴다. 그곳에는 천사 대신 백발의 한 남자와 아나스타샤, 그리고 한 무리의 개 떼가 있었다. 얼떨떨한 표정으로 주위를 둘러보니, 동굴 안인 것 같았다.

"노빈손, 괜찮아?"

"응. 난 괜찮아. 아나스타샤, 그런데 우리가 어떻게 살아 있는 거지? 혹시 아저씨가 저랑 아나스타샤를 구해 주신 거예요?"

겨우 정신을 차린 노빈손은 낯선 남자를 바라보며 물었다. 핵폭탄이라도 맞은 듯 빠글한 백발 머리에, 구석기 시대 이후로는 세탁을 한 적이 없는 것 같은 꾀죄죄한 연구복을 입은, 어딜 봐도 정상으로 보이진 않는 남자였다. 이 동굴은 남자의 비밀기지인 듯했다.

백발의 남자는 자신의 무릎에 앉아 있는 개를 쓰다듬으며 말했다.

"아니, 천재 과학자인 이반 빠글로프 님이 아니라 요 드루족 형제들이 그대들을 살린 거라네. 내가 연구에 집중하고 있는 사이, 절벽 나뭇가지에 자네들이 걸려 있는 걸 이 녀석들이 발견했지. 아마 자네가 내는 종소리를 들은 모양이야."

"에? 종소리요?"

노빈손은 어리둥절한 표정을 짓다가 옷 속을 뒤져 보았다. 주머니에서 황제의 종이 반짝반짝 빛나고 있었다. 주인이 위기에 빠지면 소리를 낸다는 종의 전설은 진짜였다.

"요 드루족 형제들에게 감사하게. 이 녀석들은 마을 성당에서 키우던 강아지들인데 얼마 전부터 내가 맡아 키우고 있지. 한데 이상하게 이 녀석들은 종소리만 들리면 좀처럼 가만 있지를 못하더라구. 그래서 나는 종소리에 개를 흥분하게 하는 무언가가 있나 찾고 있는 중이라네. 그러니 자네들은 내가 연구를 할 동안 집안일을 하며 내 조수 노릇을 하게. 살려 준 값은 해야지? 제대로 된 식사를 해 본 지가 언제인지 모르겠군."

이반 빠글로프는 콧구멍을 후비며 깨알같이 말을 쏟아냈다.

"네에? 조수요? 저희가요?"

나라의 운명을 건 전투가 벌어진 이 시점에 이곳에서 식모 노릇이나 하고 있을 수는 없었다.

"저흰 지금 전쟁을 치르다 왔다고요. 아냐스타샤의 아버지도 찾아야 하고요. 죄송하지만 은혜는 다음에 갚으면 안 될까요?"

노빈손이 열심히 얘기했지만 연구에 빠진 이반 빠글로프의 귀에는 아무것도 들리지 는 듯했다.

'으으, 지금 한시가 급한데. 빠져나갈 방법이 없을까?'

초조해진 노빈손은 앉았다 일어났다, 왔다 갔다, 동굴 안의 실험 기구들을 만지작거

이반 파블로프

이반 페트로비치 파블로프(1849~1936)는 러시아의 생리학자다. 개의 침샘에 대해 연구하던 중, 사육사의 발소리를 들으면 개가 침을 흘린다는 것을 발견. 이것을 계기로 고전적 조건화(무조건반사, 조건반사) 이론을 창시했다. 1904년에는 노벨 생리학·의학상을 수상한 그는 소화기관, 수면, 본능에 대한 연구로도 유명하다.

려다가 하며 불안한 마음을 달랬다. 그러나 도무지 방법이 떠오르지 않자, 후우 하고 한숨을 내쉬며 황제의 종을 툭툭 건드려 소리를 냈다. 그러자 놀랍게도 종소리를 들은 드루족 형제들이 노빈손의 곁으로 재빨리 다가왔다. 개들이 종소리에 반응한다는 이반 빠글로프의 말은 아무래도 사실인 것 같았다.

신기한 마음에 노빈손은 계속해서 종을 울리며 드루족 형제들을 살펴보았다. 드루족 형제들은 노빈손의 무다리를 무로 착각했는지 침을 질질 흘렸다.

"아나스타샤. 이거 봐 봐. 이 드루족 형제들은 종소리만 들으면 침을 흘려."

"에에? 먹을 것도 아니고, 종소리를 듣는데 왜 침을 흘리겠어."

노빈손은 보란 듯이 종소리를 냈다. 그러자 드루족 형제들은 아까보다 더 많은 양의 침을 바닥에 뚝뚝 흘려 댔다.

"오! 정말이네? 이 개들 정말 신기하다!"

아나스타샤는 재미있다는 듯 소리쳤다. 둘이 호들갑을 떨자 바닥에 무언가를 열심히 적던 이반 빠글로프도 의아한 표정으로 둘에게 다가왔다.

"종소리를 들으면 헉헉대고 주변을 헤매는 건 알았지만… 침을 흘린다고?"

"네. 이 개들은 종소리만 들으면 먹을 것을 떠올리는 모양이에요. 종소리를 듣고 우리를 구하러 온 것도 뭔가 먹을 게 있다고 생각해서인가?"

이반 빠글로프는 한참을 고민하더니 물었다.

"이봐, 자네는 종소리를 들으면 무엇이 떠오르나?"

"시간 됐어, 다 모여, 종을 울려 땡땡땡~ 학교 종이 땡땡땡~. 전 학교죠. 종이 울리면 수업이 시작되니까요. 학교에서 매일 종소리를 듣다 보니까, 그다음에는 종소리만 들어도 학교가 떠오르더라고요."

이반 빠글로프는 노빈손의 말을 되뇌어

드루족 형제들
드루족은 실제 이반 파블로프가 자신의 여러 실험에 사용했던 개의 이름이다. 새터 사냥개와 콜리 양치기개의 잡종인 이 개는, 특별히 중요하고 복잡한 파블로프의 수술에서 살아남은 첫 번째 개였기 때문에 러시아어로 '귀여운 친구(드루족)'라는 이름을 얻었다.

보았다. 아까까지 써 놓았던 수식을 지우고 다른 무언가를 써내려가기 시작하더니 탄성을 질렀다.

"아하, 그래? 문제는 종소리가 아니었어! 반복이지!"

"엥? 반복이라니요?"

노빈손과 아나스타샤가 어리둥절해하자 이반 빠글로프는 흥분하여 침을 폭포수처럼 튀기며 설명하기 시작했다.

"내가 이 개들을 성당에서 데려왔다고 했지? 성당의 식사 시간은 정오의 종이 울린 바로 뒤라네. 이 개들에게 밥을 주는 시간도 항상 그쯤이었겠지. 드루족 형제들은 몇 년이나 그런 일상을 반복한 걸세. 성당에 살다 보니, '밥이 나오기 전에는 종이 울린다'라는 생각을 가지게 된 거야. 그래서 드루족 형제들은 눈앞에 먹을 것이 없어도 종소리가 들리면 침을 흘리고, 음식을 찾아다닌 거지! 문제는 종소리가 아니고 반복이었어!"

노빈손도 이제야 알겠다는 듯 고개를 끄덕였다.

"오, 정말 신기하네요. 만약 드루족 형제들에게 식사를 주기 전에 종소리 대신 휘파람을 불었다면, 휘파람 소리를 들으면 침을 흘리겠군요?"

"그래. 바로 그걸세! 개가 먹을 것을 보면 아마존 강처럼 침을 흘리는 게 자연스러운 무조건 반응이라면, 종소리에 침을 흘리는 건 특수한 조건 반응이랄까? 조건 반응은 자네 말대로 환경에 따라 바뀔 수가 있는 거

조건반사와 무조건반사
• 조건반사 : 동물이 학습을 통해 익히는 후천적인 반응 방식. 예) 드루족 형제들은 종소리를 들으면 침을 흘린다.
• 무조건반사 : 동물이 자극에 대해 보이는 선천적인 반응 방식. 예) 노빈손은 먹을 것을 보면 침을 흘린다.

지! 오, 조건반사와 무조건반사라! 이건 정말 연구할 가치가 있는 대발견이야!"

기쁨에 찬 이반 빠글로프는 자신의 머리를 마구 헝클어 댔다. 연구복 위로 비듬이 후두두둑 떨어졌다.

"이런 걸 깨닫게 해 줘서 정말 고맙네! 다 자네들 덕분이야!"

이반 빠글로프가 껴안으려고 다가오자 노빈손은 한 발짝 물러서며 마지못해 미소를 지었다.

"저흰 딱히 한 것도 없는데요, 뭐. 하지만 정말로 그렇게 생각하신다면 저랑 아나스타샤에게 은혜를 베풀어 저희를 레스나야로 돌려보내 주세요. 비밀 부대가 그곳에서 저희를 기다리고 있을 거예요. 저흰 차르께 돌아가야 해요! 그곳에 아나스타샤의 아버지도 계시고요!"

이반 빠글로프는 자신의 엉덩이를 벅벅 긁더니 알겠다는 듯 고개를 끄덕여 보였다.

"물론이지. 드루족 형제들이 자네들을 개 썰매로 끌어 레스나야까지 데려다줄 걸세. 난 이 녀석들이 다녀올 동안 이 반사 반응을 더 연구해 봐야겠어. 자네들, 정말 고맙네!"

"저희가 더 고맙죠! 감사합니다, 박사님!"

인사를 건넨 둘은 빠글로프의 개, 드루족 형제들이 끄는 썰매를 타고 레스나야로 향했다.

이중 스파이 노빈손

"이럴 수가! 부대가 우리를 못 찾고 이미 떠난 모양이야."

노빈손과 아나스타샤가 레스나야에 도착했을 때, 러시아군은 그곳에 없었다.

"빈손아, 이젠 어쩌지? 우리 둘이서 무슨 수로 차르가 계신 곳까지 돌아가겠어. 난 아빠를 만나야 하는데⋯⋯."

서울에서 부산까지만 해도 도착하는 데 한나절인데 러시아와 유라시아 평원은 그와는 비교도 되지 않는 먼 거리였다. 노빈손은 '어떻게 전장으로 돌아가야 하나?' 생각하며 한숨을 지었다.

그때, 저멀리서 군인들이 다가오는 것이 보였다. 놀란 둘은 급히 수풀 속으로 몸을 숨겼다. 곧 "워~어, 워~어" 하는 소리와 함께 한 무리의 말과 수레가 멈추어 섰다.

"후우, 역시 레벤하프트 장군은 군량미를 빼앗기고 후퇴한 것 같습니다."

"표트르는 도망치는 척하면서 우리의 뒤를 노린 거였군. 쯧, 상황이 너무 안 좋아."

그들은 스웨덴군이었다. 발각되면 노빈손과 아나스타샤는 끝장이었다.

숨어서 그들의 행동을 예의 주시하던 노빈손은 그 속에서 낯익은 얼굴을 발견했다.

'어? 저 남자는……'

그는 바로 노빈손이 러시아에 도착한 첫날, 술집에서 지령을 전한, 온몸에 천을 두른 남자였다.

'가만, 저 남자는 아직도 나를 007로 알고 있지 않을까? 만약 그렇다면……'

거기까지 생각이 미친 노빈손은 전장으로 돌아갈 기발한 아이디어가 떠올랐다.

"아나스타샤, 우리 스웨덴군의 진영으로 가자!"

"뭐? 변장도 안 하고? 모자나 마스크는?"

아나스타샤는 영문을 모르겠다는 듯 되물었지만 노빈손은 뒤도 돌아보지 않고 스웨덴군에게 다가갔다.

"표트르! 네놈이 우릴 전부 굶겨 죽일 셈이로구나!"

칼 12세는 분노로 온몸을 떨며 고뇌에 빠져 있었다. 그와 스웨덴군은 표트르의 계략에 빠져 광대한 유라시아 평원에 고립되어 있는 상태였다.

'후퇴하는 척하면서 모든 평원에 불을 지르는 작전을 쓰다니. 그 덕에 우리는 말들을 먹일 수가 없게 되었잖아! 게다가 레벤하프트는 기습을 당해 군량미를 빼앗기고. 병사도 말도 전부 굶어죽게 생겼군! 아, 이젠 정말 끝인가.'

러시아에선 마스크 착용 금물!

한겨울, 우리나라 거리에서는 마스크 한 사람들을 쉽게 찾을 수 있지만 혹한 러시아에선 마스크를 착용한 사람을 거의 볼 수 없다. 러시아에서 마스크는 전염병 환자들이 세균 전염을 방지하기 위해 하는 것으로 인식되어 있기 때문. 그러니 러시아에 간다면 아무리 추워도 마스크는 금물!

그토록 얕보았던 표트르에게 허를 찔린 칼 12세는 비탄에 잠길지언정 이성을 잃지는 않았다. 돌아가 병사를 모아서 다시 러시아 땅을 쳐들어올 기회를 만들어야겠다고 생각했다. 그는 후퇴를 명하려 어렵게 입을 뗐다.

"일단 퇴각하자. 그런 후 본국에서 다시 군사를 모아……."

"잠깐!"

어디선가 쌩~하고 바람이 불더니 커다란 외침이 들렸다. 칼 12세의 막사 안으로 들어선 것은 위풍당당한 모습의 노빈손과 아나스타샤였다.

"폐하, 기다려 주십시오! 저 007, 지금 임무를 마치고 귀환했습니다."

그 말에 칼 12세는 목구멍 끝까지 나온 말을 꿀꺽 삼켰다. 지금 그의 눈앞에 있는 괴상한 얼굴의 청년이 007? 아무리 좋게 봐도 007의 손에 죽어간 엑스트라1 정도로밖에 보이지 않았다. 칼 12세는 미심쩍은 목소리로 물었다.

"자네가 정말 007인가?"

"물론입니다. 저는 그 유명한 스파이, 제임스 본드 007입니다. 그리고 이쪽은 저의 본드걸 아나스타샤라고 하고요."

노빈손은 자세를 잡곤 진지한 목소리로 다시 말을 이었다.

"좀 늦기는 했지만 임무를 완수했습니다. 경비가 삼엄한 탓에, 궁에서는 그를 죽이지 못하고 며칠 전 막사 안에서 표트르를 암살하는 데 성공했지요."

노빈손의 말에 칼 12세는 반신반의하는 것 같았다. 그의 얼굴에는 여전히 노골적인 의심이 남아 있었다. 칼 12세가 노빈손을 믿지 않는다면 모든 계획은 허사였다.

노빈손은 확신을 줘야겠다는 생각이 들었다. 좋은 방법이 없을까 생각하다 급히 품 안을 뒤지기 시작했다.

"표트르를 죽인 증표로 이것을 가져왔습니다."

노빈손이 내민 것은 표트르가 그에게 준 단검이었다. 칼 12세는 그것을 꼼꼼하게 살펴보았다. 중앙에 박힌 머리가 둘 달린 독수리. 이것은 틀림없이 러시아의 차르를 상징하는 물건이었다. 칼 12세는 머릿속으로 상황을 정리했다. 만약 표트르가 암살을 당했다면 러시아군은 엄청난 혼란에 빠져 있을 터였다. 그렇다면 지금이야 말로 절호의 기회다.

마침내 칼 12세는 결심한 듯 자리에서 일어났다.

"좋다. 우리는 본국으로 후퇴하지 않는다. 군대를 이끌고 러시아 군과 운명을 건 마지막 격전을 치르자! 따스하고 비옥한 곳에서 싸운다면 승산이 있다!"

그는 스웨덴 병사들을 굽어보며 외쳤다.

"소러시아의 폴타바로 가자!"

그것은 훗날 러시아와 스웨덴, 그리고 더 나아가 유럽과 세계의 역사를 뒤바꾸어 놓은 한 마디였다.

 ## 폴타바 전투

1709년, 북방전쟁 결전의 날. 칼 12세와 스웨덴군은 소러시아의 폴타바 요새를 점령한 후 대열을 정비하며 러시아군을 기다리고 있었다.

이윽고 동터 오르자 러시아군이 요새 쪽으로 진군해 오기 시작했다. 그러나 군인들 속에서 러시아의 심장, 표트르의 모습은 보이지 않았다.

'그 스파이 말이 사실이었군. 지도자가 없는 군대쯤이야! 다행히 행운의 여신은 우리 편인 것 같군.'

벌써 9년 동안 이어진 북방전쟁에서 칼 12세는 수많은 적들을 상대했고, 그중에서도 표트르가 이끄는 러시아는 가장 정복하기 어려운 적이었다. 하지만 이젠 승리가 바로 눈앞에 와 있었다. 칼 12세는 병사들에게 진격 명령을 내렸다.

"스웨덴 병사들이여, 진격하라!"

그 말이 떨어지기 무섭게 장총과 칼, 창을 든 스웨덴 보병들이 일제히 돌격했다. 곳곳에서 쾅! 하고 대포 터지는 소리가 났고, 이에 응수하듯 러시아군도 빠르게 공격했다. 스웨덴군의 푸른 물결과 러시아군의 붉은 물결이 섞여 폴타바의 전장을 가득 메웠다. 스웨덴군 진지에서 상황을 지켜보던 노빈손과 아나스타샤는 초조한 얼굴이었다. 전세는 스웨덴군에게 조금 더 유리해 보였다.

'으으, 러시아군이 밀리다니. 게다가 폐하도 안 보이고……. 혹시 부상이라도 당하신 걸까?'

노빈손은 묵직한 신음을 냈다. 아나스타샤도 입술을 꽉 깨문 채, 아무 말이 없었다. 반면 칼 12세는 만면에 미소를 띠고 자리에

**러시아에도
붉은 악마가 있을까?**

러시아의 전통적인 축구 클럽인 '스파르탁' 팀의 상징은 바로 붉은색이다. 스파르탁 팀의 경기를 보면 온통 붉은 물결 천지다. 러시아도 우리나라처럼 축구의 인기가 높은 나라이기 때문에 응원 열기도 무척이나 뜨겁다. 이 열기에 힘입어, 러시아는 2018년 월드컵 개최지로 선정되었다.

서 벌떡 일어나 외쳤다.

"으하하하. 패배를 모르는 나의 스웨덴군이여! 돌격하라! 승리의 영광이 바로 눈앞에 있다!"

그의 얼굴에는 승리에 대한 확신이 가득했다. 칼 12세, 그는 왕위에 오른 후 줄곧 모든 전장에서 승리를 이루어 낸, 무적무패의 왕이었다. 제아무리 표트르의 러시아군이라도 그를 굴복시킬 수는 없다는 것을 이 전투가 분명히 보여 주고 있었다. 그는 회심의 미소를 지었다.

빰~빠라빠라밤~.

그때, 전장의 저 멀리서 신호탄처럼 커다란 나팔 소리가 들렸다.

"오잉, 뭐지?"

나팔 소리에 놀란 병사들은 소리가 나는 쪽을 쳐다봤다. 나팔 소리에 이어, 이번에는 커다란 말발굽 소리가 들려왔다. 이것은 분명 한두 명의 병사나 말이 낼 수 있는 소리가 아니었다. 소리는 폭풍처럼 폴타바의 전장을 집어삼켰다. 그리고 소동을 일으킨 무리들이 대포탄의 매캐한 연기를 뚫고 정체를 드러냈다.

"러시아의 병사들이여! 나를 따르라!"

5만여 명의 원군을 이끌고 온 표트르의 목소리였다. 그는 전열의 맨 앞에 서서 흔들림 없이 스웨덴군을 향해 돌진하기 시작했다. 표트르의 뒤에는 잘 훈련된 기병들과 130문 이상의 대포가 떡 하니 버티고 있었다. 표트르는 검을 치켜든 채, 병사들에게 외쳤다.

"러시아의 병사들이여! 나를 위해 싸울 필요는 없다. 표트르가 맡고 있는 러시아를 위해 싸워 다오. 이 나라, 이 민족의 내일이 여러분의 어깨에 달려 있다!"

"와아아아아아아! 표트르 차르 만세! 러시아 만세!"

표트르의 등장으로 러시아군은 단결하기 시작했다. 그의 진심 어린 연설에 감동을 받은 러시아군은 용맹하게 스웨덴군의 진지로 돌격했다. 순식간에 전세는 러시아 쪽으로 기울었다. 스웨덴군의 푸른 물결은 점점 붉은 물결로 뒤덮여 갔다. 표트르가 오랜 세월 노력해 온 군사 개혁의 결과가 빛을 발하고 있었다.

칼 12세는 패배를 직감했다. 무적무패 왕의 신화가 표트르 앞에서 무너지는 순간이었다. 이제 러시아는 더 이상 땅덩어리만 큰 은둔의 제국이 아니었다. 이 전쟁의 승리로 러시아는 북방의 패자로, 더 나아가 유럽의 중심으로 우뚝 떠오른 것이다.

"표트르 차르 만세!"

스웨덴군에 붙잡혀 있던 러시아 포로들이 만세를 외치며 승리의 기쁨을 맛보고 있었다. 한편 아나스타샤는 풀려난 포로들을 초조한 눈으로 쫓았다.

"아나스타샤, 우리 갈라져서 아버지를 찾자! 왼쪽은 내가, 오른쪽은 너가 맡아. 내가 먼저 찾게 되면 황제의 종을 크게 울릴게."

그렇게 말한 뒤 길에 오르려는데 누군가 노빈손을 불렀다.

**칼 12세는
전장을 지휘하지 않았다**

이 책에서는 폴타바 전투에서 칼 12세가 직접 전장을 지휘하는 것으로 나오지만 실제 역사와는 약간 차이가 있다. 칼 12세는 폴타바 요새를 공략하던 중 저격을 당해 다리를 다쳐 장군 칼 구스타브 렌셸드에게 전장의 지휘권을 넘겼다. 이것은 폴타바 전투에서 스웨덴이 진 요인 중에 하나로 꼽힌다.

"노빈손, 어딜 가나? 오랜 친구에게 인사도 하지 않고!"

자세히 보니 그는 007이었다.

007은 칼 12세에게 한 번만 더 기회를 달라고 사정하러 지금 막 이곳에 도착한 참이었다. 하지만 그가 왔을 때는 모든 상황이 이미 종료된 후였다.

"이 불어터진 물만두 같은 녀석! 어떻게 절벽에서 떨어졌는데 죽지 않을 수가 있지? 하지만 그 행운도 오늘로 끝이다!"

노빈손은 얼이 빠진 표정으로 그를 바라보았다. 지긋지긋한 것은 노빈손도 마찬가지였다.

"하아. 스토킹도 이만하면 수준급이네요. 이 많은 사람들 속에서 어떻게 또 저를 찾아내신 거예요?"

"너, 세상에서 가장 못생긴 새가 뭔지 알고 있나?"

007은 대답은 안 하고 엉뚱한 질문을 던졌다.

'세상에서 가장 못생긴 새? 그게 뭐지?'

노빈손이 아리송한 표정을 짓자 007은 한쪽 입꼬리를 올리며 썩은 미소를 날렸다.

"그건 바로 네 녀석의 생김 '새'다. 그런 생김새를 가지고 있으면서 어떻게 눈에 띄지 않기를 바라는 거냐! 하지만 이제 그 얼굴 보는 것도 끝이겠군! 편안하게 보내 주지!"

007은 노빈손을 향해 대포를 조준했다. 노빈손은 비명을 지르며 아나스타샤와 함께 어

폴타바 전투

폴타바 전투는 1709년 6월 27일 소러시아의 폴타바에서 벌어진 러시아 제국과 스웨덴 왕국 간의 최대의 전투를 말한다. 이 전투에서 표트르가 이끄는 러시아가 대승리를 거뒀다. 폴타바 전투 이후로도 스웨덴과 러시아의 전쟁은 계속 이어졌지만, 스웨덴의 우세는 다시는 돌아오지 않았다.

디론가 몸을 숨기려고 했지만 이미 포탄이 떨어졌던 탓에 주위는 폐허가 되어 숨을 곳이 없었다.

"잠깐 멈춰! 007!"

노빈손은 급히 007을 불렀다. 007은 코웃음을 쳤다.

"나는 주인공이 멈추라고 한다고 해서 멈추는 저급 악당이 아니다! 잘 가라, 노빈손!"

일말의 자비도 없이 커다란 진동이 온 평원에 울려 퍼졌다.

쾅!

"까아아아아! 아나스타샤 살려!"

"노빈손도 살려!"

둘은 눈을 질끈 감으며, 마지막 비명을 내질렀다. 이번에야말로 모든 것이 끝난 것만 같았다. 노빈손은 붕 떠올랐고, 마치 하늘을 나는 듯한 기분이 들었다.

'정말 천국?'

눈을 떴을 때 노빈손은 자신이 지금 말 위에 올라타 있다는 것을 알았다. 누군가가 자신과 아나스타샤를 구한 것이다.

노빈손은 뒤를 돌아보았다. 그곳에는 인자한 모습의 러시아 군인이 자신과 아나스타샤의 허리를 꼭 잡고 있었다. 처음 보는 얼굴임에도 묘하게 낯이 익었다.

정신을 차린 아나스타샤가 남자를 보며 외쳤다.

"아빠!"

"아빠?"

그 사람은 아나스타샤의 아버지였다.

"아나스타샤! 멀리서 널 봤을 때는 얼마나 놀랐는지 알아? 괜찮니?"

"그럼요, 아빠. 엉엉. 아빠 살아 계셨군요. 너무 보고 싶었어요! 으아아아아아아앙."

아나스타샤와 아나스타샤의 아버지는 서로를 껴안은 채 감격의

상봉을 했다. 이 장면을 보고 있던 노빈손도 코끝이 찡해졌다.

"노빈손!"

저 멀리서 표트르가 손을 흔들었다. 노빈손은 위풍당당하고 위엄이 넘치는 표트르의 모습과 기쁨의 노래를 부르고 있는 러시아 병사들을 보니 뿌듯했다. 이제 러시아는 북방의 최강국이 되었고, 조금만 더 있으면 독특한 문화를 꽃피우는 예술 강국이 될 것이었다.

노빈손은 환한 미소를 띠며 외쳤다.

"높이 날아올랐구나! 독수리가! 그리고 러시아가!"

피의 일요일 사건

1900년도에 들어서자, 공업화를 적극 추진하던 러시아의 경제는 불황을 겪어. 자본가와 정부는 노동자들을 대량 해고하고 임금을 깎는 것으로 이 위기를 벗어나려 했지. 노동자들은 시위를 벌였고 높은 세금에 지친 농민들도 합세했어. 하지만 니콜라이 2세는 일본과

피의 일요일 사건이 일어난 겨울 궁전 광장

전쟁을 벌이기 바빠, 노동자들에게 어떤 답도 주지 않았지. 1905년 1월 9일, 가폰 신부는 차르에게 가서 탄원서를 직접 제출하자며 노동자들을 이끌었어. 15만 명의 노동자들이 모여 8시간 노동, 정치적 자유를 요구하며 성상과 차르 초상화를 들고 겨울 궁전으로 평화롭게 행진했지. 니콜라이 2세는 정중하게 자신의 뜻을 전하는 노동자들에게 총칼을 휘둘렀고 궁전 앞은 노동자들의 시체로 가득 찼어. 차르를 아버지처럼 생각하던 러시아 국민은 큰 배신감을 느끼고 러시아 혁명에 적극적으로 참여하지.

11월 혁명(10월 혁명)

'피의 일요일' 사건은 러시아 전역으로 퍼져 나갔고 분노한 노동자들은 혁명을 주장하며 거리로 나왔지. 게다가 '1차 세계대전'이 터지면서 민심은 더욱 요동쳤어. 군수 공업을 강화하고 생필품 생산은 줄여 민중의 생활은 황폐해졌지. 결국 혁명가들과 10만 명의 국민들은 '전쟁을 중지하라! 노동자들에게 빵을 달라!'고 외치며 상트페테르부르크로 진격해 로마노프 왕가라는 구체제를 무너뜨리지.(이 사건은 3월 혁명, 러시아 구력으로는 2월 혁명이라고 해.)

구체제가 무너진 후, 러시아는 어떻게 되었을까? 당시 러시아의 임시정부를 구성하고 있던 세력은 멘세비키와 볼셰비키 둘로 나뉘어.

멘셰비키는 온건파로 민주적 투쟁 방식을 강조한 데 반해, 볼셰비키는 무산계급(가난한 계급)이 정권을 잡고 국가의 체제를 바꾸기 위해 혁명을 일으켜야 한다고 주장하지. 둘 중 승리한 쪽은 바로, 블라디미르 레닌이 이끄는 볼셰비키였단다. 레닌은 '평화, 빵, 자유'를 외치며 대중을 이끌었고, 국민들은 멘셰비키의 온건한 정책보다는 볼셰비키의 혁명을 지지하게 되었지. 그리고 1917년 11월 7일(러시아 구력 10월 25일) 볼셰비키가 세계 최초의 공산주의 혁명을 일으키지.

● 공산주의란? 사유재산제도를 부정하고 재산을 공동 소유함으로써 빈부의 차를 없애려는 사상을 말해. 개인 재산의 소유를 인정하고 독려하는 자본주의와는 반대의 개념이지.

소비에트 연방의 탄생

혁명에 성공한 볼셰비키 정권은 러시아에 간섭하려는 외국과 전쟁을 치르는 한편, 국내 적대 세력을 진압하고 1922년 세계 최초의 공산주의 국가인 '소비에트 연방(소련)'을 결성하게 돼. 소비에트 연방에는 러시아를 비롯해 15개의 국가가 가입하여, 세계 최대 규모의 다민족 국가를 이뤘단다. 소비에트 연방의 초대 원수는 레닌이었지만, 레닌이 죽자 스탈린이 정권을 잡았지. 스탈린은 군사력을 키우는 한편, 5개년 개발을 실시하여 러시아 경제의 토대를 다져. 하지만 그는 숙청을 통

해 스탈린 독재 정권을 확립하고 개인의 자유와 정치적 발언을 막는 만행을 저지르지. 나라 밖에선 2차 세계대전이 터졌어.

● 소비에트 연방 : 15개의 국가가 소비에트 사회주의 공화국을 이뤘으나, 각 나라는 독자적인 헌법을 갖고 있었다. 소비에트 공화국은 러시아, 우크라이나, 벨로루시, 우즈베키스탄, 투르크메니아, 타지키스탄, 아르메니아, 아제르바이잔, 카자흐스탄, 키르기스스탄, 그루지야, 에스토니아, 라트비아, 리투아니아, 몰도바이다.

사회주의 국가 vs 자본주의 국가의 냉전

2차 세계대전이 끝난 뒤 동유럽과 아시아에서 많은 사회주의 국가들이 생겨나고 러시아는 그들의 지도자가 돼. 미국을 비롯한 자본주의 진영은 북대서양조약기구(나토)를 창설하여 소비에트 연방을 경계하기 시작하지. 미국을 주축으로 한 자본주의 진영과, 소련을 필두로 한 공산주의 진영은 소리 없는 전쟁인 '냉전' 상태에 돌입해.

2차 세계대전을 기념해 세운 전쟁 기념관

페레스트로이카 선언

냉전 동안 국제 정세는 바뀌기 시작했어. 2차 세계대전 이후 공산국가에서 반체제, 개혁 운동이 벌어졌고, 소련 내부에서도 관료제 부패, 생활 필수품 공급 부족으로 국민 생활이 어려워지면서 소비에트 연방 전체의 경제가 몰락하기 시작했거든. 1985년 4월, 소련 공산당 서기장 고르바초프는 '페레스트로이카 선언'을 통해 정치, 경제 개혁을 주장했어. 페레스트로이카는 스탈린 체제에서 억압됐던 언론의 자유를 보장하고, 자본주의 경제와 같은 시장 경제를 시도하지. 소련의 개혁에 영향을 받아 다른 공산주의 국가에서도 민주화 운동이 일어나, 자본주의 진영과 공산주의 진영의 냉전은 종식되었어. 그리고 결국 1991년 공산주의 국가였던 소련은 정식으로 없어지지.

PERESTROIKA

나 알지?
고르바초프!
고르비라고도
하지!

따라해
봤다

ㅋㅋ

그렇다면 지금의 러시아는?

소련이 해체된 뒤 러시아는 무너진 경제를 일으켜 세우고 국민들의 통합을 이끌어 내는 데 오랜 노력을 쏟아야 했단다. 21세기에 와서는 자국 내에서 생산되는 수많은 천연 자원을 바탕으로 엄청난 경제 성장을 이루었고, 국제 사회에서 위신도 점점 높아지고 있지. 과학 기술 면에선 세계를 선도하는 나라이기도 해. 그러니 앞으로 노빈손과 러시아의 미래를 주목해 보자구! 러시아는 넓은 땅만큼이나 무한한 가능성이 잠재해 있는 나라니까 말이야.

1986년 러시아가 쏘아올린
인류 최초의 우주 정거장 미르

〔 가로열쇠 〕

❶ 모스크바, 상트페테르부르크, 프스코프와 탈린을 연결하고 있는 중요 지점에 위치해 있는 러시아의 도시의 이름. 스타라야 ○○.

❷ 네바 강에 있는 등대로 해전 승리 기념물이다. 등대 기둥은 뱃머리로 장식되어 있다.

❸ 러시아에 무색무취인 독한 술, 보드카가 있다면 우리나라엔 맑고 투명한 술 ○○가 있다. 도수는 18~23도.

❹ 988년 러시아에 그리스정교를 들여온 왕 이름, ○○○○○ 1세.

❺ 톨스토이 소설『사람은 무엇으로 사는가?』에서 나오는 천사 이름.

❻ 러시아 목각 인형. 하나의 인형을 열면, 그 안에는 작은 인형이 들어 있는 독특한 구조이다.

❼ 러시아식 사우나.

❽ 상트페테르부르크에 있는 러시아 해군 본부.

❾ 북대서양조약기구. 공산주의 위협에 대처하기 위해 미국을 비롯한 12개국이 모여 만든 지역집단 안전 보장 기구.

❿ 시베리아에 있는 세계에서 가장 오래되고 가장 깊은 호수. 이 호수의 별칭은 '시베리아의 진주'다.

⓫ 러시아 극동부 사하 공화국에 있는 도시로, 북극권 내에 있다. 세계에서 가장 연교차가 큰 도시.

⓬ 회전식 연발 권총에 하나의 총알만 장전하고, 머리에 총을 겨누어 방아쇠를 당기는, 목숨을 건 게임. 19세기 말 제정 러시아의 군장교들과 귀족들 사이에 급속도로 퍼져 나가, 당시 러시아 사회의 암울함을 대변했다.

⓭ 연어 알과 시큼한 크림 등을 얹어 먹는 둥글고 얇은 빵.

⓮ 240년 동안 러시아를 지배했던 몽골족 이름.

⓯ 러시아 말기의 파계 성직자이자 예언자. 아나스타샤가 공주 연기를 할 때 이 사람의 저주를 받아 쫓기고 있다고 말한다.

⓰ 여러 사회주의 공화국의 연합으로 구성된 최초의 사회주의 국가인 ○○○○ 사회주의 공화국 연방.

⓱ 동유럽 슬라브 민족 국가에서 쓰는 군주에 대한 호칭.

〔 세로열쇠 〕

❶ 러시아의 화폐 단위.

❷ 1613년부터 1917까지 304년 동안 러시아 제국을 통치한 왕조. ○○○○ 왕가.

❸ 2014년 동계 올림픽 유치 경쟁에서 대한민국 평창을 이기고 개최지로 최종 결정된 러시아 도시 이름.

❹ 아름다운 외모와 훌륭한 테니스 실력을 갖춘 러시아의 대표적인 여성 테니스 선수. 마리아 ○○ ○○.

❺ 러시아 상트페테르부르크에 있는 세계 3대 박물관 중에 하나. 원래는 러시아 황제의 궁전이었다.

❻ 러시아의 개혁 군주. 상트페테르부르크 도시를 세웠다. ○○○ 대제.

❼ 러시아 털모자.

❽ 스칸디나비아 반도와 북유럽, 동유럽, 중앙유럽, 덴마크의 섬들로 둘러싸여 있는 바다.

❾ 대한민국 최초의 우주발사체이며, 러시아와 기술 협력으로 만든 로켓 이름.

❿ 붉은 광장에 있는 러시아정교의 성당.

⓫ 표트르 대제와 영원한 앙숙인 스웨덴 왕. ○○○세.

⓬ 늑대와 흡사한 생김새에, 힘이 좋고 총명하여 수색견, 구조견으로 활약하는 개는?

⓭ 러시아어로 성벽을 뜻하는 말. 보통은 모스크바에 있는 러시아 황제의 궁전을 말한다.

⓮ 에스토니아공화국에 있는 도시로 표트르 대제는 ○○○ 전투에서 스웨덴에게 대참패했다.

⓯ 15~18세기에 소러시아(지금의 우크라이나)를 다스리던 코사크족의 군대 사령관.

⓰ 교외에 있는 채소밭이 딸린 러시아식 전원주택.

정답은 홈페이지
www.nobinson.com에서
확인하세요.

참고문헌

『표트르 대제』, 제임스 크라프트, 살림

『이야기 러시아사』 김경묵, 청아출판사

『우리가 몰랐던 러시아, 러시아인』 예일 리치먼드, 일조각

『러시아학 입문』 강윤희 · 이문영 · 최아영 · 황동화, 인간사랑

『표트르 대제 : 강력한 추진력으로 러시아를 일으키다』 박지배, 살림

『빛의 도시 상트페테르부르크』 이덕형, 책세상

『러시아 문화예술의 천년』 이덕형, 생각의 나무

『러시아 역사』 다닐로프 · 코술리나, 신아사

『러시아 역사 다이제스트 100』 이무열, 가람기획

『테마 러시아 역사』 이영범, 신아사

『러시아사 강의 1, 2』 세르게이 표도로비치 플라토노프, 나남출판

『10월 혁명』 프레더릭 C. 코니, 책세상

인터넷 참고페이지

〈네이버 캐스트〉 '러시아의 개혁군주 표트르 1세' 글 함규진

〈네이버 캐스트〉 '차르와 예술가들 상트페테르부르크' 글 이명석

〈네이버 캐스트〉 '차이콥스키, 백조의 호수' 글 류태형